正識中文

識正中文

梁慧敏　著

JPC

責任編輯		姚永康
書籍設計		鍾文君
漫畫插圖		楊莉佳

書　　名		**正識中文**
著　　者		梁慧敏
出　　版		三聯書店（香港）有限公司
		香港鰂魚涌英皇道 1065 號 1304 室
		Joint Publishing (H.K.) Co., Ltd.
		Rm. 1304, 1065 King's Road, Quarry Bay, Hong Kong
香港發行		香港聯合書刊物流有限公司
		香港新界大埔汀麗路 36 號 3 字樓
印　　刷		深圳市恆特美印刷有限公司
		深圳市寶安區民治橫嶺村恆特美印刷工業園
版　　次		2010 年 11 月香港第一版第一次印刷
		2011 年 7 月香港第一版第二次印刷
規　　格		大 32 開（140 × 210 mm）232 面
國際書號		ISBN 978 - 962 - 04 - 3022 - 0

© 2010 Joint Publishing (H.K.) Co., Ltd.

Published in Hong Kong

周國正序

　　說話一如吃飯，是人人都要做，天天都要做的事，做的時候人人都有自己的一套，而且天天重複那一套，因此多半自以為是，心安理得。但真正說得恰當和吃得恰當的人卻往往只佔少數。說得不恰當會如何？也一如吃得不恰當一樣，不會立刻出亂子，但長久下去，就會變得臃腫笨拙，畸異醜陋，最後力不從心，很多事想做做不到，努力勉強也做不好。

　　這就是語言。語言本質上是工具，是表達自己，說明問題，勸誘別人，以至描寫、紀錄、抒發、探尋、鼓吹、辯解等各種行為的工具。「工欲善其事，必先利其器」，工具不良，操作不佳，做事會做得好嗎？有人認為，沒那麼嚴重吧！孔子不是說過「辭，達而已矣」嗎？說話別人明白就可以了，何必那麼講究！不錯，孔子是說過這句話，但一就是他說錯了，一就是我們解錯了。「達」恐怕不僅僅指對方明白，還包括達致效果。如果說了半天，勸止，人家不聽；游說，人家不從；譴責，人家不服；承諾，人家不信，這就不可以稱為「達」。要達致效果當然先要有好內容，要持之有故，言之成理，但徒有好內容卻是不足夠的，還必須有相襯的形式。發音咬字得當，抑揚徐疾合宜，這是取得

別人信心的第一步；跟着還要用詞準確得體，語句完整明晰，事理通達，思路一貫，這樣對方才會繼續聽下去；對方肯聽下去才可以或曉以義，或動以情，或喻以利害，不卑不亢，不慍不火，如此辭才能達。《論語》一書篇幅甚短，但「言」字竟然出現了130次，而書名的「論、語」兩字亦以「言」為部首，反來覆去，都離不開言語一事，可見孔子對言語是從來都不會掉以輕心的。

　　本書以《正識中文》為名，取義於「正確認識」之餘多半還隱諧「正式」之意，「正式」不是official，更不是「官方」，而是正常的形式。全書從語音開始，而及於詞彙、語法、文字、修辭，語言之事可謂大略而備。談有關問題的書，坊間所在多有，但或不免於學術的艱深晦澀，或陷於流俗的乖謬膚淺。能夠把日常耳聞目見的事提出來，從語法行文的角度加以剖析，既不違於學術，又不遠於興趣，貼近生活，深入淺出，讀來不勞神，讀後有所得，這是本書值得推薦的地方。

　　從學術的角度言，書中有些論點未必人人同意，但作為普及性讀物，對從事教育以及接受教育的人來說都很有幫助。作者梁慧敏博士曾是我的學生，求序於予。忝為人師，當然要美言幾句，「美言」固是美言，但卻並無溢美；放在不涉私心的天秤上，本書和上面的美言是完全相稱的。

周國正

香港浸會大學

中文系教授、前系主任

2010年9月27日

李貴生序

蕭伯納在劇本《畢馬龍》（*Pygmalion*）的序言中，曾痛斥英國人不尊重英文，不教導孩子說好這種語言，以致「一個英國人一開腔，總會令其他英國人感到厭惡和鄙視」。每當我聽到由一連串懶音組成的粵語對答，或在電視上看到一些公眾人物用英文語法「說」出中文的語句，腦海裡便不時會閃出蕭翁這一句話，覺得把句中的「英國人」換作「香港人」，恐怕同樣合適貼切。

粵語是絕大部分香港人的母語，亦是香港社會中最常使用的語言。也許正因為它太過通行，所以大家往往習焉不察，對這種口語缺乏應有的尊重，並且有不少誤解。其中最常見的誤解是，粵語既然是我們的母語，自然不必刻意學習或訓練，因為它是本地人出生以後最早接觸和掌握的語言，所以除非有先天的語言障礙，否則大多數人都能嫻熟地運用粵語，不必煞有介事地學習。這種想法雖非完全錯誤，卻是不夠全面，忽略了語言溝通的素質問題，以及粵語在香港社會的滲透程度。

我們能說粵語，不表示我們能說準確而恰當的粵語；我們能用粵語閒談、購物，不表示我們能用粵語辯論、議政。粵語雖然只是一種方言，卻廣泛應用於香港的政治、經濟等不同領域中，

甚至連我們的特首也要用粵語宣傳他的理念：「我要做好呢份工」。這類高階粵語的運用能力，絕非天生而就、不學而能。要學會在各種場合中恰當地運用粵語，不要一開腔便令其他人感到厭惡，我們首先要放棄積習已久的成見，重新尊重自己的母語。

當然，不少人擔心強勢方言會影響規範書面語的學習，香港刊物中屢見的「港式中文」便是經常為人詬病的例子。現在我們叫人正視粵語，豈不會令問題更加嚴重？這種把方言與共同語對立起來的想法，亦是相當流行的誤解。然而事實上，學好粵語與學好普通話並不一定有衝突，例如糾正香港人 n、l 不分的問題，對他們學習普通話同樣有幫忙，因為普通話也有這種分別，而且大體上與粵語有對應關係。此外更為重要的是，無論我們願意與否，粵語始終是大部分香港人的母語，總會在一定程度上干擾到規範中文的學習。因此與其不切實際地漠視粵語的影響，倒不如認真正視它，瞭解它與共同語的差異，藉此幫忙大家掌握規範的中文。

要改變上述的誤解，令社會大眾明白粵語在香港社會的特殊作用，並不是容易的事。在這樣的背景下，梁慧敏博士這部《正識中文》便顯得別具意義了。

梁博士專研粵語，近年又參與本地師資培訓的工作，對香港的粵語和中文教育俱有深入的認識。翻閱校稿，我注意到本書最大的特色是透過香港社會活生生的語言現象，帶出語音、詞彙、語法等不同的語言學知識，以及粵語與現代書面漢語的差別。這些知識不但有助讀者瞭解香港的粵語，還可增進大家對規範中文的認知，把不自覺的方言干擾轉化為學習中文的有用資源。此外，本書收錄的語料大多緊貼時代脈搏，當中更不乏生動有趣的

例子。我相信這部深入淺出的著作，一定能夠引起讀者的興趣，為語言學知識的普及作出貢獻，嘉惠社會大眾和莘莘學子。

李貴生
香港教育學院
中文學系副系主任
庚寅年中秋節

自序

　　2009年初夏，香港三聯書店資深編輯姚永康先生看過我在報章上的撰文後，便來信同我商量撰寫《正識中文》一書的事。他表示面對香港市民中國語文水準愈趨低下的情勢，直覺從多角度探討當下的語文現象，是一個具現實意義的出版選題，而我本來就喜歡觀察身邊的語言現象，眼看香港特區前行政長官董建華雖然早於《二零零一年施政報告》中就強調「推廣兩文三語，是我們的既定政策」，然而實際情況卻是年青人的語文水平每況愈下，這種情形實在不能不令語文界同仁擔憂。姚先生的構想誠然十分有意義，筆者作為語言研究者，原也應該出一分綿力「保育語文」。於是，我們就有了第一次合作。

　　本書名為《正識中文》，「正識」有兩層意思：（1）通過觀察和分析生活上各種語言現象，提高讀者對語言環境和語言形式的敏感度，正確認識語文運用中的優劣對錯；（2）以語言學的基本範疇為切入點，引導讀者對不同情境中出現的語文現象作多角度思考，建構正確的語文知識，從而優化個人的語言表達。

　　就內容而言，本書涵蓋了語言學（linguistics）中語音、詞彙、語法、文字和修辭等五個範疇，每個範疇各有十篇文章。編

排上各部分的先後，從語言構成角度出發考慮。語音、詞彙和語法是語言系統的三大要素，語音為最基本、最首要的，而詞語和句子的意義則需要通過語音才能傳達。因此，「語音編」、「詞彙編」和「語法編」分列本書最先的三個部分。至於文字和修辭，文字固然是人類文明的反映，但至今仍有一些民族或部落還沒有文字系統，卻無礙本族上下的溝通；而修辭則是加強文句效果的藝術手法，好像為語文「化妝」，讓原本平淡無奇的文句，剎那間變得瑰奇絢麗，上述語言三大要素就是修辭的材料和基礎。可見兩者皆非語言構成的基本元素，故此排列上「文字編」和「修辭編」放在本書的第四和第五部分。此外，各部分參考的所有文獻資料都列於本書的最後，以便有興趣的讀者延伸閱讀。

　　選材方面，本書集中反映香港實際的語文使用現狀，各篇文章的例子都是語言運用中的真實例子。「語音編」討論了香港粵語中的一些音變現象，包括 n 和 l、kw 和 k、ng 和零聲母相混，以及一直存在的一字多音現象，例如變調字、異讀字、文白異讀字、破音字和通假字等幾類。「詞彙編」指出了語言和社會文化息息相關，社會的發展必然會折射到語言中來，當中重點談到了香港粵語的新造詞、古語詞、方言詞、行業詞、外來詞和熟語等數個方面。「語法編」從句子和語篇角度歸納了日常生活中最常見的「病句」型態，其中包括成份殘缺、搭配不當、並列不當、修飾語過長、濫用歐化句式、語義不清和錯用指示詞等，並提出修改的辦法。「文字編」觸及了漢字學的一些基本課題，包括古今文字的演變、部首、六書、簡化字對繁體字、「二簡字」、異體字和日本漢字等。「修辭編」強調了恰當地運用修辭技巧，能提高語言表達的效果。佈局謀篇除了注意詞語的錘煉和選擇外，常用的修辭手法還包括選用褒貶義詞、委婉詞、簡縮詞和各種修辭

格等，務求以優美的語言形式精確而生動地表示出各種意象。

　　《正識中文》的特色包括了以下三個方面：（1）知識性：各行各業的讀者，尤其是高中學生、大學生、語文教師，無論是撰寫文章、練習演講，或者進行語文教學，都可以從中學到有益的語文知識；（2）實用性：在香港「中文」並沒有統一的界定，籠統地可以說是書面語和口語的統稱，與學術用語「現代漢語」並不完全等同。本書的各篇文章，針對討論香港粵語口語和現代漢語書面語中常見的語言問題，力求貼近現實生活；（3）趣味性：書中各例句，都來自生動的材料和富有生活氣息的語言實例，凡所徵引，都經過比較篩選，盡量做到新穎貼切、輕鬆有趣，以期幫助讀者深入理解相關內容。

　　一本書從構思籌劃到付梓出版，實在不是一件容易的事。此時此刻，首先要感謝業師周國正教授和前輩李貴生博士於百忙之中撥冗賜序，為本書大增光彩，謝忱之意，難以言表。此外，香港三聯書店出版部為本書提供許多專業意見，王莎小姐負責搜尋圖片、校閱全書，楊莉佳小姐幫忙繪畫插圖，在此一併致謝。

　　最後，我特別要感謝外子永利在本書撰寫過程中所給予的鼓勵與支持，讓我能專心投入寫作，他一直是我人生道路上最好的夥伴。倘若本書能引起讀者對語言學的興趣，或啟發讀者從新的視角去推敲身邊的語言現象，在筆者來說可算是喜出望外。書中的觀點，讀者或有不同的看法，歡迎先進同仁不吝賜教及指正。

梁慧敏

2010年中秋

於香港教育學院

目錄

語音編

字音也有「兩制」乎？

詞彙編

語法編

文字編

修辭編

附：粵音聲韻調表

參考資料

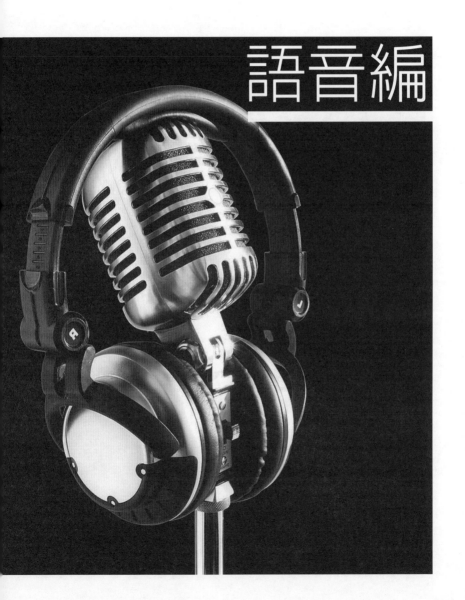

語音編

　　粵語是大部分香港人的母語，但「角（gok3）小姐約咗藍（laam4）貧（pan4）友喺旺葛（got3）痕（han4）身（san1）銀（an4）寒（hon4）門口躉（dan2）」這句話竟出自香港不少年輕人的口中，短短十多個字裡，竟有一半是發錯音的。有人稱之為「懶音問題」，並認為社會各界若再不正視年輕人的發音毛病，下一代便會積非成是，那麼「郭（gwok3）小姐約咗男（naam4）朋（pang4）友喺旺角（gok3）恒（hang4）生（sang1）銀（ngan4）行（hong4）門口等（dang2）」這句話將來就沒有多少人能說得正確了。

　　語音，簡單來說就是語言的聲音。人類能夠發出的音是多樣的，但一種語言選擇來區別意義的聲音則是有限的。這些能區分意義的音叫做「音位」，它們互相對立又互相聯繫，構成各種語言的語音系統。就粵語的情況而言，我們平時說話，一個字就是一個音節，音節可以從輔音和元音音素的角度分析，也可以按傳統聲韻調的角度去劃分結構。不管是音素系統還是聲韻調系統，都可以用來說明粵語的音節結構。

　　語音學家發現，音節結構有自己的內在規律，粵語也不例外。他們的工作就是要把這些規律適當地闡明出來，供人瞭解或學習這種語言。一旦某些音節出現變化，語音學家就會從學理角度出發，找出音變背後的原因，以及觀察其規律性和社會性；而教育工作者就會從應用角度出發，自覺地提高語音意識，幫助學生掌握正確的發音方法。

　　近年，香港粵語某些音節的聲母或韻尾出現了明顯的變化，尤其是年輕一代的發音，常見的現象有聲母 n 和 l 混淆，例如：將「男」（n-）讀成「藍」（l-）（參見本書〈升「呢」

── n和l氣流路向各不同〉一文,頁5-8);複合聲母中圓唇音 w的脫落,例如:將「郭」(gw-)讀成「角」(g-)(參見本 書〈「各」、「國」不同 ── 唇形的移動〉一文,頁9-11); ng 聲母的省略,例如:把「銀行」的「銀」(ng-)字前面的鼻 音省去(參見本書〈零聲母和 ng 聲母 ── 聲調上的互補關係〉 一文,頁12-15)。韻尾的變化包括將舌根鼻音-ng 讀成舌尖鼻音 -n,以及將舌根塞音 -k 變成舌尖塞音 -t。

　　要注意的是,粵語種種的「懶音」都只是聲韻調系統中的聲 韻問題,並不包括聲調的轉變。聲調在粵語中佔着非常重要的地 位,粵語共有六種不同的音高變化,加上韻尾特徵,構成九個調 類,從而區別音節的意義(參見本書〈耶穌愛「劏」人? ──聲 調的辨義作用〉一文,頁16-19)。

　　除了「懶音」之外,香港粵語一直存在一字多音的現象,這 些多音字可細分為變調字、異讀字、文白異讀字、破音字和通假 字等五類(參見本書〈一塊「肉」與一塊「玉」──變調的辨義 功能〉、〈異讀字易讀不易讀? ──語音的變化〉、〈字音也有 「兩制」乎? ──讀書音和口語音〉、〈不拘一格的破讀字 ── 改變字音區別意義〉和〈有助解讀文言文的通假字 ──古人為何 會多此一舉? 〉,頁20-34)。由於粵語的讀音沒有經過特區政府 的審定,沒有所謂「官方規範」,而只是根據一套約定俗成的規 則,因此香港粵語的發音問題比普通話來得複雜。要學好發音, 必先由最基本的拼音學起,不打好拼音的基礎,就不能學好粵 語。可是,現在坊間流行的粵語拼音方案五花八門,令人無所適 從,本編最後一篇文章就會提到這個問題(參見本書〈粵語拼音 方案 ──描述語音的符號〉一文,頁35-38)。

升「呢」

── n 和 l 氣流路向各不同

　　臨近中秋佳節，各大餅家紛紛搶攻月餅市場。其中某家以冰皮月餅作賣點的餅店，為表示與另一家強調有70年歷史的老餅家有所不同，於是以港式「潮語」（trendy expressions）作為廣告主題，強調自家品牌「很潮」，不但在電視上賣廣告，更在地鐵扶手電梯旁以連續六塊廣告牌為其產品大肆宣傳。只見廣告海報印有一個佔了近半篇幅的月餅實物圖，旁邊附文字描述：「送禮『升呢』」，還在「升呢」下面注上粵音 sing1 ne1。這個注音帶出了一個很有趣的語音問題，「升呢」的「呢」是英語 level 第一個音節的中譯，口語讀「升 le1」，但為甚麼粵語會用「呢」（音 ne1）這個漢字來對應 le 呢？這顯然涉及 n 和 l 相混的問題。

n 和 l 不分會影響語言學習

　　香港人常常混淆下列兩組字的聲母，總以為它們的聲母是相同的：

　　　第一組 男、女、你、腦、鳥、年、難、泥、寧
　　　第二組 藍、呂、李、老、了、連、蘭、黎、玲

其實第一組字的聲母是 n，而第二組字的聲母是 l。n 和 l 兩個都是輔音，發音部位相同，但發音的方法卻有所不同。n 是鼻音，發音時，舌尖抵住上齒齦，軟顎下垂，氣流從鼻腔通過，聲帶顫動（見圖一）。l 是邊音，發音時，嘴唇稍開，舌尖抵住上齒齦，聲帶顫動，氣流從舌尖兩邊送出（見圖二）。圖一表示氣流從鼻腔送出，是鼻音；圖二表示氣流從舌尖兩邊通過，是邊音：

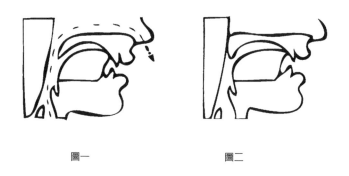

圖一　　　　　　　　圖二

n 和 l 不分雖然不致影響粵語的溝通能力，但有影響我們學習其他語言的可能，例如：學普通話時，n 和 l 相混就很容易把「困難」的「難」（nan）讀成「欄」（lan）；學英語時，把net（網）讀成 let（出租）、snack（小吃）讀成 slack（鬆弛），一音之差，意義完全不同！對於一些一直 n 和 l 不分的人來說，要他們馬上清晰區分兩者是一件很不容易的事，辦法有二：一是參考普通話的聲母讀法，當代的普通話基本上 n 和 l 還是分得清清楚楚，而且這兩個聲母普通話和粵語有對應關係，即普通話裡讀n的，粵語也讀 n，普通話裡讀 l的，粵語也讀l；二是多查字典，現在在互聯網上查粵語發音實在方便得很。

　　在粵語中，n 和 l 不分並非新現象，其實著名語言學家趙元任在上世紀中期於 *Cantonese Primer*（1947：18）一書中就曾指出每四人之中平均一人會把本來讀鼻音n聲母的字讀作邊音 l。現在社會上有的人說這是「懶音」，應及早糾正；但也有的人認為語音本身不會偷懶，懶的是人，所以「懶音」的提法其實是指說話人偷懶，況且「字有更革，音有轉移」（明代音韻家陳第語），語音演變自古是正常現象，於是採用一個中性的術語，管這叫「社會音變現象」。無論如何，n 和 l 作為聲母，在香港人的口中已經不再具區別意義的功能，不像 ma 是「媽」，fa 是「花」，指涉兩種不同的概念，n 和 l 早已成為可以自由替換的不同變體（free variants）。

「呢」字的聲母是 n，level 的首個音素卻是 l。

知識加油站

　　胡永利（2007）曾經做過分組調查，比較香港和廣州兩地以粵語為母語的大學生的粵語發音，結果發現了香港的大學生更傾向區分 n 和 l。他估計這與近年香港社會鼓勵正音，大學開辦粵語精修課程，以及電視台多了一些相關的正音節目有關。大學生在正式的和嚴肅的場合，往往特別注意自己的發音是否標準，從而自覺地調整了有關發音。

「各」、「國」不同
—— 唇形的移動

　　香港人以粵語發音時，經常把「國家」讀成「各家」，「過人」讀成「個人」，「廣大學子」變成「港大學子」，「光頭」變成「江頭」（河的源頭），連姓「郭」的人自我介紹時也稱自己姓「角」。出現這種音變現象，都是分不清聲母部分的「圓唇音」和「不圓唇音」所致。

唇形不正影響發音

　　發音時除了要留意舌頭移動的位置，即舌位的高低前後，我們也要留意嘴形（見本書頁11）。「圓唇音」指發音時兩側嘴角同時用力向中央推擠，使嘴唇保持圓形，例如：「烏」、「書」；「不圓唇音」顧名思義，指發音時雙唇扁平，嘴唇不用保持圓形狀態，例如：「依」、「詩」。下面第一組例字應該讀成圓唇音，第二組例字應該讀成不圓唇音：

	不送氣	送氣
第一組	國、過、光、胱、廣、戈、郭	鄺、礦、曠、擴、廓
第二組	角、個、江、剛、港、哥、各	伉、抗、亢、確、涸

根據香港語言學會的粵語拼音方案，第一組字的聲母是 gw（不送氣）和 kw（送氣），第二組字的聲母是 g（不送氣）和 k（送氣），兩組的分別僅在於說話者有沒有發出 w 這個音。有學習過普通話的同學不明白，聲母部分不是只有一個輔音嗎？對！除了 gw 和 kw 這兩個複合聲母，絕大部分的粵語聲母都只有一個輔音，如：b、p、m、f。嚴格來說，gw 和 kw 並不是兩個輔音，而是「一個半」輔音！g 和 k 是舌根塞音，利用舌根隆起抵住軟齶做成阻礙而發出的輔音，可以充當聲母；w 發音時舌根向上抬起，雙唇縮小得很圓很小，並向前突出，上齒不能接觸下唇，發音時舌位拉高，聲帶振動，氣流從雙唇間摩擦而過。功能上 w 具有類似輔音的性質（氣流通道窄），但缺乏輔音通常的發音特點（如：摩擦或閉塞），所以語音學家認為它的音質近似元音音質，稱之為「半元音」（semi-vowel）。

粵語複合聲母 gw 和 kw 只能和 a、i、o 三個元音結合，i 只有少數字例。而 w 的丟失，一般發生在 o 元音之前，如：「國（gwok3）」→「各（gok3）」，「過（gwo3）」→「個（go3）」。而 w 出現在 a 和 i 之前基本上仍得以保留，例如：人們不會把西瓜的「瓜（gwaa1）」讀成「家（gaa1）」；不會把人群的「群（kwan4）」讀成「勤（kan4）」；也不會把嫌隙的「隙（gwik1）」讀成「擊（gik1）」。

要識別 gw、kw 和 g、k，首先，粵語聲母是 gw、kw 的字不多，常用的更只有十多二十個，花點時間下點功夫就能記住；其次，當我們不能確定一個字是否有 w 圓唇音的時候，可以參考普通話的讀法，留意韻頭（介音）部分，粵語聲母 gw、kw 和普通話韻母的 u 介音有對應關係，只有極少數例外。舉一個例來說

明，同學如對「廣（gwong2）」的粵語讀音感到猶豫，不肯定聲母部分有沒有圓唇音，可以普通話來驗證一下，「廣」的普通話讀 guǎng，有 u 介音，所以它的粵語聲母一定是 gw 而不是 g；相反，粵語的「港（gong2）」，普通話讀 gǎng，韻母部分沒有 u 介音，它的粵語聲母一定是 g 而不是 gw。

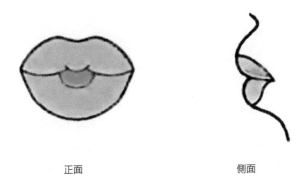

正面　　　　　　　　　　　　　　　側面

發圓唇音 w 時的口形

知識加油站

　　以「輔音 + 半元音」這樣的組合作為音節的起始，在粵語裡只有gw、kw，例字不算多。不過，這種組合在英語裡卻較為普遍，例如：sw（swim 游泳、swing 搖動）、tw（twin 雙生兒、two 二）、dw（dwarf 小矮人、dwell 居住）等，而且不會出現如粵語般 w 丟落的現象。

零聲母和 ng 聲母
—— 聲調上的互補關係

　　有細心的同學問我，灣仔「愛群道」的英譯是 <u>Oi</u> Kwan Road，筲箕灣「愛民街」的英譯卻是 <u>Ngoi</u> Man Street，為甚麼同一個「愛」字有兩個不同的英文譯音？哪一個才對呢？原來很多香港人都不懂區分哪些字是零聲母，哪些字應該加上舌根鼻音聲母 ng，而普通話的對應關係又未能如 n 和 l 般給予我們有效的提示。

聲母的差異

　　甚麼是零聲母？現代漢語的每個音節都可以切分成聲母和韻母兩部分，加上音高表現，每個漢字的字音結構也就由聲母、韻母和聲調三部分構成：

聲調	
聲母	韻母

漢語音節中，除了聲母，其餘兩者都不可以缺失。通常被歸類為「零聲母」的音節，也就是沒有輔音聲母的音節，例如：「安

（on1）」，這個字音不是輔音開頭，而是以韻母部分的元音 o 開頭，這樣的音節就叫做「零聲母」音節。ng 是舌根鼻音，例如：「我（ngo5）」，發音時，舌根上升抵住軟顎，氣流從鼻腔通過，聲帶顫動，如下圖（虛線表示氣流）：

ng 發音器官圖

　　零聲母和 ng 聲母是粵語裡一對很特別的聲母，因為在聲調上它們具互補的關係。簡單來說，當我們不能肯定一個字的聲母是零聲母或者是 ng 聲母的時候，下列方法可以幫助我們作判斷：先確定該字的聲調，再確定其聲母。倘若該字的聲調屬陰類，即陰平（第一聲）、陰上（第二聲）、陰去（第三聲），它的聲母就是零聲母，例如：「鴉（aa1）」、「啞（aa2）」、「阿（aa3）」；若屬陽類的話，即陽平（第四聲）、陽上（第五聲）、陽去（第六聲）、陽入的其中之一，它的聲母就是 ng 聲母，例如：「牙（ngaa4）」、「雅（ngaa5）」、「訝（ngaa6）」。這條規律足以涵蓋粵語大部分的相關情況。如是者，「愛民街」的「愛」既是陰去聲，所以應屬零聲母，粵語拼音是 oi 才對：

調類	陰平	陰上	陰去	陽平	陽上	陽去
調號	1	2	3	4	5	6
拼音	oi	oi	oi	ngoi	ngoi	ngoi
例字	哀	藹	愛	呆	—	外

　　為甚麼 ng 聲母的字屬陽類呢？ng 聲母的字，古代是屬於濁音字，聲母發音時聲帶顫動，反之便是清音。發濁音的時候，聲帶放鬆、形狀變厚，聲音的頻率就會相對降低，所以基本上濁音字的聲調都會比清音字低，屬於陽類，直到今天陽類字聲調的音值都較陰類字聲調為低。以當代粵語為例，陽類字的聲調按「五度記音法」的標記，音值都在 3 以下（見下圖），而陰類字的音值都在 3 以上。明白上述原理，比之硬背規律區分零聲母和 ng 聲母，語音的學習就會變得更為輕鬆有效。

五度記音法

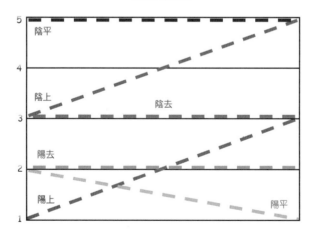

1-3聲（陰）音值高是零聲母、4-6聲（陽）音值低是 ng 聲母。

知識加油站

　　現在有的人為避免被批評丟失鼻音發「懶音」，有理無理不問陰陽都加上鼻音聲母，似有矯枉過正之嫌。例如：「愛（oi 3）」變成 ngoi 3，「哀（oi 1）」變成 ngoi 1。其實粵語裡 ng 聲母的字不算多，我們只管記住下列的常用字就可以了：

　　牙、芽、衙、瓦、雅、崖、捱、艾、岩、癌、顏、眼、硬、餚、咬、危、魏、藝、銀、我、餓、呆、外、戇、傲

耶穌愛「劏」人？
—— 聲調的辨義作用

　　以下是一則笑話：聽說很久以前，街上有幾個洋人，用不純正的粵語向經過的途人說：「耶穌愛劏人」，「嘩！劏人」？聞者雞飛狗跳，誰還想聽下去？後來才弄清楚他們原來是外國的傳教士，正在向當時的華籍居民傳教。教士其實想傳達耶穌愛世人並無分西人、唐人的信息，但因為「唐（tong4）」的聲調掌握得不好，「唐人」便變成駭人的「劏（tong1）人」。

隨不同聲調改變字義

　　漢語是聲調語言（tone language），所謂「聲調」，就是指音節高低升降的變化。在聲調語言中，聲調的抑揚起伏有區分意義的作用，改變一個字的聲調，也就改變了它的意思，例如：tin，高調子是「天」，低調子便是「田」，意思所指完全不同。要想字正腔圓，就必須在聲調上下點功夫。古代漢語聲調分平、上、去、入四聲，當代粵語依然沿襲此格局。粵語九聲和平上去入的關係、音值（見頁14的「五度記音法」）和例字可見下表：

粵語九聲六調

聲類	平	上	去	入	
陰	調號：1 音值：55 例：分	調號：2 音值：35 例：粉	調號：3 音值：33 例：訓	上	調號：7 音值：5 例：忽
				下	調號：8 音值：3 例：發
陽	調號：4 音值：21 例：墳	調號：5 音值：13 例：奮	調號：6 音值：22 例：份	調號：9 音值：2 例：佛	

一般來說，陰類字的音值較高，在 3 度或以上；陽類字的音值較低，在 3 度以下。對初學者來說，要掌握粵語九聲分類法無疑是一項挑戰，若把音值改為文字描述，通過口訣去掌握粵語的九聲，相信可以更容易學懂如何去分辨粵語的聲調。讓我們來記住這幾句有趣的口訣：

1. 三碗細牛腩麵餿夾辣（餿：俗音「叔 suk1」，臭之意）
2. 三九四零五二七八六
3. 身體壯難染病不吃藥

這些字的聲調次序，就是上表1-9聲的次序。如果記不下這三句口訣，也可以參看「中文字元資料頁──粵語拼盤」列出的其他口訣：

1. 香港靠誰領導出困局

2. 差佬去元朗度捉惡賊
3. 踎喺汕頭有近一百日
4. 張仔要同我哋織隻襪

　　掌握好粵語九聲六調的調聲法，首先有助匡正粵語的發音，對我們說話和寫作訓練都有裨益；其次，許多人在學習唐詩時發現：如用普通話來讀唐詩就會出現不符合格律和不押韻的情形；若拿接近古音的粵語來讀，不但淋漓盡致多了，且別具一番韻味。

未能掌握聲調，「唐人」變「劏人」。

知識加油站

　　香港語言學會粵語拼音方案中，上陰入和陰平、下陰入和陰去、陽入和陽去的調號是相同的，這是因為上陰入、下陰入、陽入的「音高（音值）」分別與陰平、陰去和陽去是一樣的，故只需用相同的調號1、3、6來標示就可以，兩者的分別僅在於韻尾部分（入聲以 -p/-t/-k 收尾），非在聲調。為了使聲調的標示更為清晰，本文以「7、8、9」來表示「上陰入」、「下陰入」和「陽入」三聲；另，上陰入和下陰入也稱陰入和中入，唯「中入」的說法未能顯示它本來屬於陰類。

一塊「肉」與一塊「玉」
—— 變調的辨義功能

　　某次出席校際朗誦比賽，當聽到有參賽者唸王維的《相思》時，把「紅豆生南國」中的「豆」唸成陰上聲「斗（dau2）」音，聲調向上升↗。參賽者可能不知道這是一個「陰上變調」，正確的字典音應該是陽去聲「逗（dau6）」音。粵語的聲調有本調和口語變調之分，一些比較嚴肅的場合（如：朗誦、演講）應該適當地選取本調。如果本調在語言交際中消失，將來我們的下一代就只知道字音的變調而不知其本調。

字音變調

　　陰上變調又稱為「小稱變調」（diminutive tone sandhi），粵語裡一些常用的詞語如果末尾一字屬陽聲調，由於聲調較低沉，口語中往往提高聲調變為陰上聲（音值35）以拉高整個音調格局，避免整個語調格局太沉。「陰上變調」大致可分為兩類：

　　第一，表示親暱的、熟悉的、常見的，以及體積小的東西，以下一組名詞例子中的第二個字均讀如陰上聲，聲調向上拉：

　　金魚、鯊魚、澳門、加油、男人、

套現、教堂、祠堂、罐頭、圖畫、
公園、跳樓、作文、師弟、笑話、
傻女、天台、楊桃、象棋、蝴蝶、

　　第二，因意義的改變而變調，以別於原來的意義，按詞性可
分為：

1. **「形容詞」類**　　　紅紅、肥肥、長長、壞壞、熱熱
2. **「名詞」類**　　　　買糖、玉/肉、地下
3. **「動詞 + 名詞」類**　對對、油油、袋袋

　　先說第1類，「件衫紅紅地」中的「紅紅」，第二個音節讀陰上
調，表示只有一點點紅，不很紅的意思；「佢肥肥地」中「肥
肥」第二個音節聲調上升，就表示只有一點胖，不是很胖的意
思。其他「長長、壞壞、熱熱」幾個詞語，第二個音節讀陰上
聲同樣表示程度輕微。再看第 2 類的例子，讀本調和讀變調是兩
種截然不同的意思：「買糖」讀本調（音值 21）時表示白糖、
黃糖的「糖」，讀變調（音值 35）表示買糖果；「玉/肉」字形
不同，口語同音，讀本調（音值 2）時是一塊「肉」的意思，讀
變調（音值 35）時卻表示一塊「玉」。「地下」讀本調（音值
22）時是地底的意思，如：地下鐵路；讀變調（音值 35）時則
是地面的意思。第 3 類「對對、油油、袋袋」幾個詞，第一個字
是動詞，讀如本調，第二個字通過改變聲調的方式來改變詞性和
意義，變為名詞。「對對」是對聯（又稱「對對句」、「對對
子」）的意思；「油油」是塗油漆的意思；同樣，「袋入袋中」

第二個「袋」字變成了名詞後就表示袋子的意思。

　　從變調的位置看，前一音節變調的例子較少，這種變調在人名稱呼中較常見，如：「陳 sir」、「黃仔」。變調多數發生在最後一個音節，如：「油麻地」、「魚蛋」。變調的原因很複雜，並不是所有末尾一字屬陽聲調的字詞都會發生變調，哪一個字變，哪一個字不變，動詞變還是名詞變，最後還是受到「約定俗成」的約束。

「買（方）糖」和「買糖（果）」，前者讀本調（音值21），後者讀變調（音值35）。

知識加油站

　　粵語的陰上變調和普通話的連讀變調並不一樣。普通話的連讀變調，是受到後面音節的聲調所影響的。比如說「很好」、「首長」，「很」和「首」兩個字都讀上聲，為了更容易的發音，前面一個音節便改唸陽平聲。粵語的陰上變調並不受前後音節影響，單獨發音時也會發生變調，如：「袋（袋子）」、「鉗（鉗子）」、「碟（碟子）」等。

異讀字易讀不易讀？
── 語音的變化

　　電視奶粉廣告常常強調嬰幼兒多攝取鈣、磷及維他命D，能幫助骨骼健康成長，但旁述往往把「骨骼」的「骼」讀成「落（lok6）」。其實「骼」應唸「格（gaak3）」音，只消查查字典就不會弄錯。香港粵語一直存在一字多音的現象，這些多音字可分為變調字、文白異讀字、破音字、通假字和異讀字五類，前四類讀音容易確定，真正會產生困擾的是因語音演變、誤讀混淆而產生的異讀字。異讀音的變化大致可分為聲母變化、韻母變化和聲調變化幾類。

異讀音的變化

　　第一類：聲母變化　在「購買」、「結構」、「併發」、「締結」等詞語中，「購」、「構」、「併」、「締」四個常用字，原來的聲母是不送氣的g、g、b 和 d，香港人讀這四個字的時候，「購」、「構」、「併」、「締」的聲母都分別讀作送氣的 k、k、p 和 t。粵語聲母送氣化是一值得注意的現象，其他例子如：「趺打」中的「趺」（d），往往讀作「鐵」（t）；「爆谷」的「爆」（b），則讀作「炮」（p）等。

第二類：**韻母變化**　例如：「魅力」的「魅」，字典註明的韻母是 ei，坊間有部分人異讀作 ui，跟「妹妹」的「妹」同音；「鴛鴦」的「鴛」，字典音是圓唇音「冤（yun1）」，但展唇音「煙（in1）」亦屢聽不鮮，其實「鴛」和「鴦」原來的元音都是圓唇音，將「鴛」讀成「煙」也有可能是異化的結果，即兩個相同或相近的音連讀時，為了避免重複而把其中一音唸成與另外一音不相同的一種語音現象。「渣滓」的「滓」，字典音是展唇音「子」，不過現在大部分情況下都聽到人們「有邊讀邊」唸成「宰」，這是語音競爭之中後起音佔優的例子。

第三類：**聲調變化**　聲調出現變化的情況比較突出的是去聲和上聲出現相混現象，例如：「宿舍」的「舍（se3）」原是陰去聲，現在最常聽到的音是 se5，變成了陽上聲；又如：「試（si3）」，字典標的聲調是陰去聲，現在年輕一輩似乎沒有人知道「試」的字典音，很多人都把這個字讀作上聲 si5，甚至包括一些為人師表者。其實「舍」和「試」在普通話裡都是去聲，只要瞭解一些基本的粵普對應規律，就不會讀成上聲。

異讀字的出現和擴散，反映香港語文教育對語音的重視程度並不足夠。香港的語文教育無論中文或英文，語音這一環節都備受忽視，學生欠缺有系統的語音教育，影響了他們掌握語言的能力。當遇到不認識的字時，切忌「有邊讀邊」，應養成查字典的習慣，現在線上字典多得很，而且往往提供人聲發音。傳媒也應該注意使用正確的讀音以起示範作用，不要混淆「同形、異義、異音」的字，尤其是新聞報道員的發音更須小心在意，現在一些電視台的新聞報道員把「勝任」的「勝」（音：升，陰平聲）唸成「姓」（陰去聲）就是不良的示範。

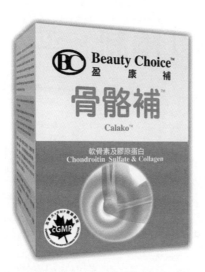

很多人不知道「骨骼」的「骼」，應讀作「格」音。

知識加油站

　　1980年代以前，香港的中小學老師查字典，大多採用喬硯農的《中文字典》，1980年代以後則多採用中華書局的《中華新字典》，這兩本字典的注音基本上都以黃錫凌的《粵音韻彙》作依據。1980年代至今，香港和內地分別進行過規模較大的廣州話審音工作，並產生了兩本相當權威的工具書，分別是香港語文教育學院中文系編纂的《常用字廣州話讀音表》以及由廣州暨南大學中文系詹伯慧教授主編的《廣州話正音字典》。

字音也有「兩制」乎？
—— 讀書音和口語音

　　有同學問：「年輕人」的「輕」為甚麼有時讀 hing1，有時讀 heng1，究竟哪一個才是正讀？這種一字兩音的現象叫做「文白異讀」，指一個漢字有文言音與白話音不同的讀法，所以兩個都不是錯音。以「請坐」為例，粵語的文讀是 cing2 zo6，多用於正式場合（如：朗讀課文）；粵語的白讀是 ceng2 co5，多用於日常生活中的口語。中國很多方言都存在「文白異讀」的情形。

文白異讀

　　顧名思義，「文白異讀」中的文讀音是讀書識字所使用的讀音，亦可稱為讀書音或文言音，主要見於文言色彩較濃厚的詞語中，如：「驚訝」和「驚心動魄」的「驚」讀 ging1音；白讀音則是平時說話時所用的讀音，又叫說話音或白話音，如：「驚青」、「好驚」的「驚」就讀 geng1音。具體來說，「文白異讀」在粵語裡的情形可以按其聲韻異同分做以下四類：

　　1. 文讀聲母不送氣，白讀聲母送氣，如：「近代」和「遠近」，第一個「近」不送氣 g，第二個「近」送氣 k；又如：「坐享其成」和「坐車」，第一個「坐」不送氣 z，第二個

「坐」送氣 c。

2. 文讀韻母是 ing，白讀韻母是 eng，如：「生命」和「人命」，第一個「命」的韻母是 ing，第二個「命」的韻母是 eng；又如：「青春」和「青椒」，第一個「青」的韻母是 ing，第二個「青」的韻母是 eng。其他如：「釘」、「聽」、「嶺」、「精」、「靈」、「聲」、「醒」都屬此情況。

3. 文讀韻母是 ik，白讀韻母是 ek，如：「赤壁」和「赤字」，第一個「赤」韻母是 ik，第二個「赤」韻母是 ek；又如：「牆壁」和「爛泥扶唔上壁」，第一個「壁」的韻母是 ik，第二個「壁」的韻母是 ek。

4. 第四類，文讀時韻腹母音是半低元音 a，白讀時韻腹母音是低元音 aa，發音時 aa 開口度比 a 大，例如：「更換」和「看更」，第一個「更」的韻母是 a，第二個「更」的韻母是 aa；還有「行程」和「行路」，第一個「行」的韻母是 a，第二個「行」的韻母是 aa。

從上面例子可見，「文白異讀」一字兩讀的情形，因應不同場合而長期並存着，但也有部分字的其中一個讀音，在語音競爭之中漸漸被淘汰。文讀音消失的例子，如：「鏡」和「井」，這兩個字文讀時韻母是 ing，白讀時韻母是 eng，現在只剩下白讀音；白讀音消失的例子，如：「城」和「壁」，這兩個字文讀時韻母是 ing，白讀時韻母是 eng，除了某些習慣性的表達，如：「大鄉里出城」和「爛泥扶唔上壁」，現在一般只剩下文讀音。

據鄒嘉彥、游汝杰（2007）的研究，文白異讀的出現，與隋唐以後實行科舉考試制度，讀書人普遍重視字音的標準有關。所謂「字音」往往以帝都所在的北方話語音為標準，因而文讀音即

以北方話為基礎。各地文讀音形成了以後，經由城鄉間私塾的師生傳承而進入民間。文讀音本來只用於讀書，後來伴隨着歷代產生的以北方官話為基礎的書面詞彙，進入了方言口語中，形成了今天的「文白異讀」現象。

「算命」的「命」韻母是eng，是白讀音。

知識加油站

　　鄒嘉彥、游汝杰編著的《社會語言學教程》（2007）是內地高等院校有關專業的本科教材，全書分10章探討社會語言學的基本概念和研究方法、語言變異與語言變體、雙重語言和語言忠誠、漢語與華人社會、語言接觸、語言競爭等課題。書中認為方言的「文白異讀」反映字音不同的歷史層次，白讀代表較古老的層次，用於較古的詞彙，而文讀音則是唐代實行科舉制度之後產生的，用於較新的詞彙。

不拘一格的破讀字
—— 改變字音區別意義

　　香港人越來越瞭解知識產權的重要性，比以前更為重視維護
自身的權益。為了提高公眾對保護個人知識產權的意識，香港特
區政府特別成立了知識產權署，按照國際標準為市民提供專利、
商標及外觀設計的註冊服務，以立法和宣傳的方式保護知識產
權。提起「知識產權」，人們經常把「知識」中的「知」錯讀成
「之（zi1）」音，原來「知識」作為名詞，「知」應讀去聲，同
「智（zi3）」音，以區別讀平聲的動詞，例如：「知道」是動
詞，「知」就讀如「之」音。當一個字按不同的意義而改變讀音
時，就叫做「破讀」。

讀音隨字義改變而更迭

　　「破讀」由於詞義演變而產生，是一種用改變字詞的讀音
來區別詞義和詞性的方法，這種現象在古文中屢見不鮮，例如：
「子曰：仁者樂山，知者樂水」中的「知（zi3）」粵音就應讀
去聲。具體說來，最常見的類型是名詞讀平聲，動詞讀去聲。
例如：「王」字，作名詞用時讀陽平聲表示「帝王」之義，同
「黃（wong4）」音；當動詞用時讀陽去聲表示「統治天下」，

同「旺（wong6）」音，如：「文王行仁義而王天下」，前一「王」字陽平聲，後一「王」字陽去聲。再如：「衣」字，作名詞時表示「衣服」的意思，讀陰平聲，同「依（ji1）」音；作動詞時表示「穿」的意思，讀陰去聲，同「意（ji3）」音，如：成語「解衣衣我」，前一「衣」是名詞，應讀陰平聲，後一「衣」是動詞，應讀陰去聲。一般說來，後一種意義和讀音是由前一種意義和讀音演變而來的，因此前一種讀音叫「本音」，後一種變音叫「破讀」，故本音意義和後起的破讀意義有着歷史的聯繫。除此以外，也有及物動詞通過改變讀音來提示使役用，如：「晉侯飲趙盾酒」中的「飲」字是「讓某某喝酒」的意思，這時應讀作陰去聲，同「蔭（jam3）」音。

　　破讀的產生大概因為古代詞彙量比現在少得多，用詞類活用的方法就能解決製造新詞的麻煩。例如動詞，借用與之相關的名詞，只消改改讀音便行了，這種方法顯然很方便。要留意的是，古文中的破讀現象雖然較為常見，但破讀畢竟不能涵蓋全部情況，不是所有名詞的動詞用法都要破讀，例如：「左右欲刃相如」中的「刃」字，雖然是動詞但不須破讀。

　　最後順帶一提，普通話由於經歷過語音系統簡化的過程，原來具區別義的本音和後起音，現在只留下一種讀法，例如：「上（shàng）」、「易（yì）」、「畫（huà）」都只讀去聲，但粵語裡基本上還保持兩種表示不同意義的讀法，如：「上（soeng5）去 / 上（soeng6）面」、「交易（jik6）/ 容易（ji6）」、「圖畫（waa6，變調讀waa2）/ 畫（waak6）圖」。

名詞「知識」的「知」，讀音應唸作「智」。

知識加油站

英語雖然是語調語言（intonation language），只有句調而沒有聲調，但仍可通過改變重音（stress）的位置而改變詞性，例如：同一個詞形重音在第一個音節是名詞，重音落在第二個音節卻是動詞，例如：import（進口），'import 重音在前是名詞，im'port 重音在後是動詞；increase（增加）也一樣，'increase 重音在前是名詞，in'crease 重音在後是動詞。

有助解讀文言文的通假字
—— 古人為何會多此一舉？

　　印尼峇里島是著名的度假勝地，有人認為「峇里」既是Bali
的譯音，何以港台地區捨易取難，不用筆畫較少且通常慣用的
「巴」字來表示 ba 這個音節呢？「峇」、「巴」又是否可以互
換呢？原來，「峇」字既是音譯又兼具意譯：Bali全島大部分為
山地，地勢東高西低，有四座以上的錐形火山峰（維基百科）。
「峇」字正好有「山洞」和「山窟」（漢典）之意，「峇」字不
僅模擬了 ba 的音還大略地描繪了該島的地貌，自然比「巴」傳
神。可見，在某些特定情況下，同音字不能任意互相替代，否則
就會丟失其字本來的含義或韻味，甚至被認為是寫錯字！不過有
趣的是，在古代文字使用中，同音替代的現象卻很普遍，閱讀文
言文，必須知道文字上的「同音通假」的現象，不然的話，句子
的意思就可能解釋不清。

隨手拈來假借字

　　漢字的歷史悠長，演變頗為複雜。通，是通用；假，是借
用。古代的通假字是一種「本有其字」的假借，即一個詞義已經
有它的專用字，但古人在記錄這些詞時，偏偏不用它們的專用

字，而是借用別的同音或音近的字。例如：《愚公移山》「汝之不惠」中的「惠」本應是「慧」，是「智慧」的意思，這裡借用同音的「惠」來表示「慧」，「惠」便是「慧」的通假義。這種通假字的借用往往是臨時性的，它的意義甚至要根據上下文才能確定，如：「早」和「蚤」就是這樣，跳蚤的「蚤」有時用來代替「早晨」和「早晚」其中的「早」的意義，這個「蚤」必須在上下文中才能知道它是「早」字的假借。

造成同音通假的原因有很多。第一，古人使用文字書寫，先音後字，靠的是記憶或背誦，有時想不出本字而用了其他同音字來代替；第二，古代文字在形成過程中沒有一定的規律，政府當時又沒有頒令規範用字，造成可以用這個字又可以用那個字的現象，規律漸漸形成以後，通假字當然就大量減少；第三，避諱，古人最忌諱直呼直寫皇帝、先賢、祖先或父母的名字，因此借用其他字替代來避一避。同音通假在先秦古籍裡是一種常見的現象，後來文字逐漸固定，便不允許借用同音字了，現在任意的通假都會被認為是錯別字。下面是一些古代同音通假的例子，箭咀右面是本來的專門用字：

才 → 材　　　反 → 返　　　女 → 汝
班 → 頒　　　馮 → 憑　　　弟 → 悌
匪 → 非　　　紅 → 工　　　說 → 悅

識別通假字不是一件容易的事，首先要學點語音學，又要學點文字學，也要知道一點古漢語詞彙學的知識，才能對通假字作出正確的分析和判斷。對於初學者來說，掌握通假字的辦法唯有多讀書，多查字典，以便觸類旁通。遇到句子中解不通的字，可

查考專門針對通假字的古漢語字典；另外，現在市面上也有特別
為中學生編寫的工具書和參考書，幫助學生掌握語文課程中的古
文部分。

《古代漢語通假字大字典》書影

知識加油站

　　通假字不同於六書中的假借字，許慎在〈說文解字．敘〉
裡對假借下的定義是「本無其字，依聲託事」。意思是說某一個
詞義，本來沒有字去表示它，又不想另造新字，只好借用一個同
音字去表示。例如：困難的「難」從「隹」，「隹」是短尾禽的
總稱，可想而知「難」本來是一種鳥的名稱，後來因同音的關係
被借用來表示困難的「難」。「難」就是一種「本無其字」的假
借。

粵語拼音方案
—— 描述語音的符號

香港一些地名，在粵語發音上相同的字，但不知何故，其拼寫卻有不同。例如：將軍澳的「將」拼作 tseung，張保仔洞的「張」卻拼作cheung，聲母一個是 ts 一個是 ch；甚至同一個漢字有數個不同的拼法，聲韻皆異，如：基隆街的「基」拼作 ki，基業街的「基」拼作 kei，宏基街的「基」拼作 kee，崇基路的「基」拼作 chi，新鴻基中心的「基」拼作 kai，安基苑的「基」拼作 kay。聲母有時是 k，有時是 ch；韻母有時是單元音 i、ee，有時卻是複元音 ai、ei、ay。相同的發音但不同的拼音，令人無所適從，造成混亂。

統一粵語拼音方案有需要

目前為止，有關粵語的拼音方案可謂五花八門，初學者對此一向感到很迷惑。下面是五套有關的流行方案的簡介：

1. 國際音標（International Phonetic Alphabet, 1888）　簡稱 IPA，以拉丁字母為基礎，由國際語音學學會設計，是一套轉寫和記錄所有語言的音標系統，它的原則是一個音素一個符號。現

在大部分的英文字典、大學的語言學系、中文系、英文系的語音科目都會用到這一套拼音方案。

2. **寬式國際音標**（1941）　見黃錫凌《粵音韻彙》（http://humanum.arts.Cuhk.edu.hk/Lexis/Canton）和香港中華書局出版的《中華新字典》的粵語注音。這套方案其實是國際音標的改良版，它的特色是濁音符號和清音符號並用。由於當代粵語的聲母輔音沒有清濁之分，濁音符號於是用來區別聲母中的送氣和不送氣，如：雙唇塞音 b（濁音）表示不送氣，p（清音）表示送氣；此外，塞擦音 ts 有時又以 dz 表示。

3. **廣州話拼音方案**（1960）　由廣東省教育廳公佈，主要使用在內地學者編著的粵方言字書中。目前中國內地發行的廣州話教程和字典多是採用這個拼音方案，例如：由廣東人民出版社出版的《廣州話字典》（饒秉才等編）。這個方案的特點是把三個入聲調值標示為1、3、6，而非傳統的7、8、9。

4. **耶魯粵語拼音**（1973）　由黃伯飛（Parker Po-fei Huang）和Gerald P. Kok共同設計的粵語拼音系統。這套羅馬化系統最早用於他們在美國耶魯大學的粵語課程和教材，後來被廣泛使用於香港教授外國人粵語的課程和教材，如：香港中文大學雅禮中國語文研習所的粵語教材和由香港中文大學出版的《英粵字典》等。

5. **粵語拼音方案**（Cantonese Romanization Scheme, 1993）簡稱粵拼，由香港各大專院校的專家制定。這個方案糅合了各家之長，拼法方面參考了國際音標和漢語拼音，輸入方面採用基本的拉丁字母和數字標調法，不設附加符號，兼顧了電腦文書工作。目前，香港語言學會、香港特別行政區政府教育局出版的

《中英對照香港學校中文學習基礎字詞》（2009）和紅蜻蜓粵語拼音詞語輸入法等都使用該方案。

　　香港社會一直存在着多種粵語拼寫方案，使用上莫衷一是。未來實在有需要統一粵語拼音，避免再出現混亂的情況。推廣的方案必須合理、易學，除了用來標記粵語讀音外，最好也要顧及資訊科技的應用，例如：電腦中文輸入法及粵語資料數據儲存等。

「箕」和「基」粵音相同，拼音卻不同。

知識加油站

　　回歸後，香港特區政府雖然提出了「兩文三語」的語文政策，卻沒有制定粵語拼音方案去配合政策的落實。現在，特區政府用來拼寫人名、街名、地名，以及公共房屋大廈等名稱的拼音方法，其來源和設計者均不明，一般相信受到19 世紀末精通粵語的西方傳教士所制定的Standard Romanization（1894）所影響，當時方案的設計目的是為傳教、通商和讓西方人學習粵語之用。由於拼音不精確，導致出現 ts、ch 並用，以及同一個漢字拼法不一致的問題。因此，特區政府這套粵語拼音方法並不使用於粵語課程和教材之中。

詞彙編

　　不說不知，大家並不感到陌生的「葡萄」、「獅子」、「站」和「蘑菇」，原是借來的詞，而「背景」、「角色」均是戲曲用語；至於「設計」、「藍圖」都是建築學用語。然則，「新增『聖旨到』手機鈴聲，歡迎下載」這個句子又是由詞彙系統中哪幾類詞構成呢？

　　詞彙（vocabulary），是一個語言裡所有詞語和固定詞組的總匯。《現代漢語詞典》第五版全書收詞 65,000 條，反映了現代漢語的詞彙極其豐富，從其組成的來源看，包括基本詞和非基本詞。基本詞是詞彙系統的核心，也是構成新詞的基礎；非基本詞包括新造詞、古語詞、方言詞、行業詞、外來詞和熟語。

　　新造詞是指進入現當代以後才創造出來的新詞。近百年來，社會、科學、經濟、政治、教育、人的思想觀念等都發生了深刻的變化，反映新事物、新現象的詞不斷產生，例如：「股票」、「連鎖店」、「抽油煙機」、「數碼相機」等。隨着電視、報紙、網絡的普及，新造詞流傳得又快又廣。王力先生說：「現代漢語新詞的大量增加，大大地豐富了它的詞彙，而且使詞彙走向完善的境地。」（參見《漢語史稿》）這是很有啟發意義的（參見本書〈從「大哥大」到「手機」—— 社會變化的脈搏〉一文，頁43-45）。

　　古語詞反映很多歷史上曾經存在過的事物、現象和制度，如今很少應用到，除非涉及歷史的表述，才偶會提到，例如：「禪讓」、「冊封」、「六部」、「尚書」等（參見本書〈狀元面聖——歷史文化的化石〉一文，頁46-48）。方言詞是指流行於某個地區而普通話裡並不使用的詞，以粵語為例，「生果」、「雪櫃」、「游水」都屬方言詞。隨着內地和香港接觸日益頻繁，一些香港詞語特別是反映新事物的詞語，也進入了現代漢語的詞彙

系統裡，例如：「小巴」、「娛樂圈」、「自助餐」等（參見本書〈南粵方言流傳千古——語言遺產的傳承〉和〈水母與白蛇——香港和廣州相異的粵語詞彙〉，頁49-56）。

　　行業詞包括術語和專門用語，現代社會各階層交往頻繁，許多專門用語因而也廣泛流傳開來，例如：「戰略」原來是軍事用語，「曝光」原來是攝影用語。這些詞已經到社會生活中，成為全民用語的一部分，幾乎覺察不出它們原來是某個學科、行業的專門用語（參見本書〈語言浮世繪——社會百態的縮影〉一文，頁57-59）。

　　當兩種不同的語言展開接觸時，詞語的相互借用是經常發生的，從其他語種借入的語言成份，就稱為「外來詞」，它是觀察社會文化發展的重要窗口。香港人使用的外來詞，與其他地方的華人所用的多有不同，例如：呔（tie）—領帶；飛（fare）—票等。外來詞的引入可說是豐富詞彙系統的重要因素（參見本書〈外來詞博覽萬國情——語言接觸的鏡子〉和〈洋為中用出新詞——打破慣例的外來詞〉，頁60-67），不過如果受外語的影響而引致翻譯上出現偏差，就可要留神了（參見本書〈濫用「官方」——不對稱的漢英詞義〉一文，頁68-70）。

　　熟語是在漫長的語言發展過程中形成的固定片語，作用相當於詞，是詞彙的重要組成部分。熟語內容豐富，形式精練，甚具表現力，主要包括成語、慣用語、歇後語、諺語、格言等。本編最後兩篇文章以充滿生活氣息的慣用語和歇後語為例，反映民間集體創作的智慧（參見本書〈反對「翻叮」——民間的集體創作〉和〈一語雙關盡詼諧——漢語的文字遊戲〉，頁71-77）。

從「大哥大」到「手機」
—— 社會變化的脈搏

有一次，某報章副刊一標題吸引了我的注意：「扭芒回歸，方便新手」，甚麼是「扭芒」呢？與「芒果」有關嗎？原來指照相機可以扭動的熒光屏，方便調教高低角度，「芒」是粵語音譯詞，monitor的中文縮略；除了「扭芒」之外還有一種「篤芒」，指 screen touch 類型的手機。在詞彙系統中，「扭芒」、「篤芒」都屬於新造詞，與古語詞相對。

新詞新語新景象

隨着社會的變化，大批新詞語應運而生，尤其是近幾十年最為明顯不過。現代社會新詞語層出不窮，數量之多，觸及面之廣，遠遠超過古代任何一個時期。所謂「新造詞語」包括方言詞、外來詞、縮略語、專業用語、字母詞，還有網絡用語等。新詞新語是社會文化不斷演進的最佳寫照，有甚麼樣的科技、文化和經濟發展，就會有相應的新詞語產生，它可說是社會發展和演變的符號，反映了一地的風土人情和民俗文化現象。即使在某個時期曇花一現的新詞語，也是一種歷史見證，例如：mobile phone初出現時，香港人稱之為「大哥大電話」或「手提電

話」，簡稱「大哥大」或「手提」。現在隨着科技的發展，手提電話已經增加了很多「打電話」以外的不同功能，例如：拍照、上網、記事、鬧鐘、遊戲等，稱之為「手機」似乎更為適合。

　　新詞新語都帶有新穎的色彩，這些新詞彙不但豐富了語言交際的表現力，也豐富了我們的語言生活，形成了一種嶄新的社會語言文化現象。以下是近十年在香港出現的一些新詞語：

政治類　政改方案、問責、副局長、破冰之旅

經濟類　CEPA、自由行、（中資股）染紅、（香港股市）競價時段

科技類　數碼、高鐵、納米技術、手機、藍牙

醫學類　人類豬流感、SARS、幹細胞、複製羊

環保類　碳減排、環保袋、光污染、垃圾分類

法律類　知識產權、私隱條例、廿三條、反恐法

教育類　自我增值、終身學習、通識教育、語文基準試、副學士

時尚類　動漫、潮Tee、纖形、花甲

房屋類　剩餘居屋單位、環保露台、會所設施、實用面積

　　據統計，內地於1980年代以來平均每年增加數百個新詞，這樣一算，過去這二十多年來，現代漢語就產生了成千上萬個新詞。以2002年增補本《現代漢語詞典》為例，比舊版增收了新詞新語1,200條，以附錄形式排在正文的後面。2003 年出版的《新華新詞語詞典》歸納了 1990 年代以來進入社會生活的 2,200 條新詞及相關詞語約 4,000 條，除語文詞語外，還涉及資訊、財經、環

保、醫藥、體育、軍事、法律、教育、科技等領域，附錄更列出網絡上、港澳台、京滬穗的流行詞語，是目前收錄新詞新語最具權威的詞典之一。

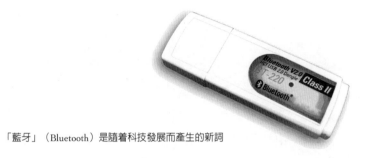

「藍牙」（Bluetooth）是隨着科技發展而產生的新詞

知識加油站

　　新造詞、外來詞和方言詞等在劃分上並不相互排斥，以「芒」（熒光屏）為例，它是踏入電腦時代才出現的新造詞；按其產生來源，「芒」譯自英語monitor第一個音節，屬音譯外來詞；按使用範圍而言，「芒」表示熒光屏之意只見於香港，內地和台灣的「芒」並沒有這種意思，所以它是方言詞。

狀元面聖
—— 歷史文化的化石

　　每年暑假大學公佈收生結果，各大報章都會見到類似的標題：香港大學獨攬逾半「十優狀元」，香港大學錄取逾半「狀元」，香港中文大學收 3 名「十優狀元」，香港大學錄取13名內地高考狀元等。有論者提出，「狀元」一詞原指舊時科舉考試的第一名，全國本應只有一個。而現在所謂「狀元」動輒數十人，單各省市文理科「狀元」就各有一人，造成全國每年出現一批又一批的「狀元」，不禁讓人質疑這樣的「狀元」是否貶值了？

古詞今用要合宜

　　「狀元」原是古語詞，來自科舉制度。科舉是中國古代最重要的選官制度，由隋朝開始一直到清末共持續了一千三百多年。科舉制度歷朝不同，以清代為例，考試分為三級：鄉試、會試、殿試，以四書的內容命題。鄉試在省城舉行，考中的稱為「舉人」，考第一叫「解元」；會試在京城舉行，考中的稱為「貢士」，考第一叫「會元」；殿試由皇帝親自主考，考第一的稱為「狀元」，殿試只用來定出名次，能參加考試的貢士通常都能成為進士。連續三個考試都考第一的話就叫「連中三元」，難度非

常高。比照古今，「狀元」的詞義明顯起了變化，現在香港中學會考十科優等生稱為「十優狀元」；而內地全國普通高等學校招生考試中，各省市文科和理科第一名的學生都可以稱為「高考狀元」。

從歷史角度看，詞義發展變化是自然不過的事。以詞義演變的結果來區分，變化可分為擴大、縮小、轉移三類。這樣一來，「狀元」一詞今昔的變化反映它的詞義擴大了，由全國第一名變成地方上公開考試的第一名（其實即清代的解元），甚至只是文科或理科的第一名。其他詞義擴大的例子如：「江」、「河」，原專指長江和黃河，現泛指所有江河；「顛」，原指「人頭頂」，現擴大指「任何事物的頂部」。詞義縮小指詞義由上位詞變成了下位詞，如：「宮」，原泛指人住的房屋，現在僅指帝王住的宮殿。「禽」，原指飛禽走獸，現指飛禽。詞義轉移，是指意義由一個範圍移到另一個範圍，如：「物」，原指雜色的牛，現指事物，如：「動物」、「貨物」，和自身以外的人或跟自己相對的環境，如：「物議」、「待人接物」。

現代漢語既然傳承自古代漢語，詞彙中當然不乏大量古語詞，例如：「聖旨」、「護駕」、「面聖」、「欽點」、「放榜」、「大內總管」、「下嫁」等。今天，這些詞語還沒有退出歷史舞台，仍然以比喻方式偶爾出現在語言交際中，例如：人們往往以「聖旨」比喻公司高層的通告，以「面聖」比喻朝見行政長官、公司高層，以「大內總管」比喻打點一切的統籌員等。不過，使用古語詞時應小心查考其原意，以免給人不倫不類的感覺，比如說，某報章的標題「男子涉弒前妻押後審」，「弒」是指地位低的人殺死地位高的人（台灣教育部國語辭典），包括臣

殺君、子殺父母（漢典），含大逆不道、破壞三綱五常之意。雖然今天中國已經沒有皇帝，女性地位也得以提升，但語言使用上「弒」顯然還沒有擴大其意義至「弒妻」；又現在電視古裝劇常出現「你府上」的對白，其實「府上」就是「你的家」的意思，在「府上」之前加「你」未免有畫蛇添足之嫌。

「面聖」這古語詞，如今被香港一些報章「古為今用」。

知識加油站

　　相對於新造詞，古語詞是從古代漢語流傳下來，但日常口語不常使用的詞語，包括歷史詞和文言詞，其來源主要是古典文獻。由於是漫長歷史沉澱的結果，古語詞處處顯露出中國歷史文化的痕跡，是一面反映古代社會方方面面的鏡子。如：「天」、「上帝」反映了商代對神的看法；「孝廉」、「天人感應」反映了漢代的儒家思想；「租庸調」、「兩稅制」反映了唐代的稅制；「巡撫」、「總督」反映了明清的地方官制。

南粤方言流傳千古
── 語言遺產的傳承

　　在某個介紹香港粤語歇後語的網站中，有這樣的一個條目：「冇晒計──發 long 禮（不按常理做事，意同趕狗入窮巷。）」。「發 long 禮」是坊間的諧音寫法，正確寫法應該是「發狼戾」。「狼戾」其實是古漢語，《戰國策・燕策》：「夫趙王之狼戾無親，大王之所明見知也。」意指蠻不講理，脾氣暴躁的意思。粤語繼承自古漢語，「狼戾」今成粤方言詞，意義無變，但聲調卻讀變調，「狼」由 long4（音「郎」），變調後讀陰平聲 long1；「戾」由 lai6（音「麗」），變調後讀陰上聲 lai2。粤語說某人「發狼戾」，意指某人使性子，橫蠻無理。

南粤方言北上落戶

　　粤語有悠久的歷史，很好地保存和承繼了古漢語特點，是嶺南文化的根。孔仲南《廣東俗語考・自序》（1933）認為粤語多數合乎「古音古義」，像「頭」、「面」、「頸」、「喉」、「大髀」、「日頭」、「月光」、「粥」、「飯」等詞均出自《五經》。當代粤語仍然保留着大量古漢語成份，並且以單音詞為主。古漢語詞語中，如：「卒之（終於）」、「即刻（立

刻）」、「幾多（多少）」；單音詞如：「食（吃）」、「行
（走）」、「企（站）」、「睇（看）」、「嗌（叫）」、「翼
（翅膀）」、「晏（晚、遲）」、「唥（口）」等。這些詞彙不
但出現在當代粵語口語之中，而且能在古籍中找到一些有關的記
載：

1. **溦**　《說文》小雨也。無非切。粵語中「細雨」的意思，
如：「落雨溦（下微雨）」。

2. **畀**　予也。《爾雅》賜也。給予之意，在粵語詞語中如：
「畀你」就是給你的意思。

3. **遞**　《說文》更易也。《爾雅》迭也。更迭而又接續之
意。粵語有「遞日（改天）」、「遞時（以後）」、「遞年（來
年）」的說法。

4. **後生**　指年青男子。《論語‧子罕》：「後生可畏，焉
知來者之不如今也。」粵語年青男子作「後生仔」，年青女子作
「後生女」，「生」唸白讀。另也可用作形容詞，如說：「佢生
得好後生啫。」（他長得很年青）。

5. **多謝**　李煜《柳枝》：「多謝長條似相識，強垂煙穗拂人
頭。」今粵語「多謝」相當於現代漢語的「謝謝」。

6. **邋遢**　形容行走之貌。《廣韻‧盍韻》：「邋遢，行
貌。」解作不潔始於明或以前。《明史‧方伎傳》記載張三丰
「不飾邊幅，又號張邋遢。」也可指環境不潔淨，如：「呢間房
好邋遢」。

7. **當差**　做小官吏的人，又解作做僕役工作，如《紅樓夢》
第二十四回：「這小紅年方十四，進府當差，把他派在怡紅院

中，倒也清幽雅靜。」今粵語用法不同，專指當警察的人。

8. **帶挈**　提攜，關照之意。元曲《瀟湘雨》：「則願你早早成名，帶挈我翠鸞孩兒做個夫人縣君也。」今為粵語常用詞，意義不變。

近年內地與香港交流頻繁，隨着粵語地區經濟文化對內地輻射作用越來越大，南風北漸，不少原來是粵方言的詞彙也堂而皇之地進入了普通話的詞彙系統中，成為共同語的一部分。無論口語還是出版物，粵方言的詞彙俯拾皆是，「減肥、搞掂、埋單」早已廣為應用。內地權威工具書之一的《現代漢語詞典》第五版就收入了「巴士」、「的士」、「生猛」、「炒魷魚」、「按揭」、「樓宇」、「樓盤」、「樓花」等粵語詞彙。粵語北上的現象不但豐富了普通話詞彙的表達，也反映了漢語詞彙系統開放和包容的一面。

《現代漢語詞典》收錄了不少粵方言詞

知識加油站

　　歷史上，中原雅音一直都是中國的標準語，沒有哪一個方言夠資格與之平起平坐，粵語充其量只是廣東一帶的「方言」。內地改革開放以來，香港文化在內地風行，尤其是以歌曲、電視、電影為主的流行文化，風靡大江南北。粵語能「崛起」反過來影響共同語，給普通話注入了大量詞彙，可說是強勢廣州方言滲透共同語的一個特殊現象。

水母與白蛇
—— 香港和廣州相異的粵語詞彙

　　某前輩藝人受訪時說道，兒時游泳曾被白蛇「炸」過頭部，所以留下過疤痕。相信現在很多土生土長的香港年輕人都不知道「白蛇」其實是道地粵語「水母」的說法（《廣韻‧禡韻》：「蛇，水母也。」）。今日，對於水母尚有「白鮓」、「白炸」及「白蚱」的寫法，「白蛇」是本字。

港穗粵語兩不同

　　長期以來，香港的中文教育自幼兒園到高中，甚至大學的某些學系都使用粵語來教書面中文，因而香港人很容易接受一些用粵語發音但卻源於北方話的詞彙，比如：「蜻蜓」、「廚師」、「風箏」、「太陽」、「廣告」等等，並且以為它們本來就是粵語名詞。只有上了年紀，小時候在廣州生活過，或上世紀五六十年代看「粵語長片」長大的人才記得零碎的道地說法。道地的詞彙現在往往被當成「舊粵語」的標記，多存於老一輩人的口中。上舉北方話詞彙例子的道地說法如下：

　　1. **蜻蜓**　廣州粵語「塘尾」即指蜻蜓，現在香港人只識蜻蜓而不識塘尾，其實塘尾是粵語道地舊詞。孔仲南《廣東俗語考》

（1933）：「蜻蜓其尾如囊。故曰囊尾。讀若堂眉。」「堂」為「囊」之音訛，現在沒有固定寫法。

2.　**廚師**　舊稱「伙頭」，此詞來源甚古，《宋史・卷一七八・食貨志》：「差官卒，充使令，置火頭，具飲膳，給以衲衣絮被。」可見「火頭」即指廚師，粵語這種說法是存古的表現，現一般改稱廚師，與普通話一樣。

3.　**風箏**　粵語稱「紙鳶」，屬鳥綱鷲鷹目，是南方常見的雀鳥，外型威武，有「南鳶北鷹」之稱。南方製的紙風箏往往呈鳶形，這樣的風箏便被稱為「紙鳶」。現在仍有人保留「去放紙鳶」的說法。

4.　**太陽**　「熱頭」是「日頭」的近音詞，這兩個詞在香港人的口語中並存，新一代人則多傾向說「太陽」。清代《儒林外史》第十四回有以下一段：「這三位女客，一位跟前一個丫鬟，手持黑紗團香扇替他遮着日頭，緩步上岸。」其中的「日頭」就是太陽。

5.　**廣告**　香港舊時稱「廣告」為「告白」，因廣告的通常形式是口頭傳播，廣告可解作廣泛告之大眾一件事，以收宣傳之效。「告白」是清清楚楚說明一件事的意思，所以在粵語裡廣告和示愛同樣都可以叫做「告白」，而普通話則分用「廣告」和「表白」去表示，但近年香港有以「廣告」代「告白」之勢，估計是受書面漢語所影響。

以下是一些從《珠江三角洲方言詞彙對照》（詹伯慧、張日昇，1988）抽取出來的例子。前者是現代漢語書面表達形式，後者是道地粵語說法，以廣州的粵語為參考：

毛毛雨—雨濛　　　　　　次貨—曳貨

天氣—天時　　　　　　　天台—天棚

地方—定方　　　　　　　同學—書友

除夕—年三十晚　　　　　廚師—伙頭

中秋節—八月十五　　　　尼姑—師姑

月底—月尾　　　　　　　律師—狀師

南瓜—番瓜　　　　　　　太陽穴—魂精（zeng1）

荷花—蓮花　　　　　　　眼珠—眼核

茄子—矮瓜　　　　　　　風箏—紙鳶

白菜—黃芽白　　　　　　裁判—公正

蝙蝠—飛鼠　　　　　　　舉手—擔高手

蜘蛛—蠄蟧　　　　　　　懷疑—思疑

蟋蟀—織蟀　　　　　　　太陽—熱頭

蜻蜓—塘尾　　　　　　　輪船—火船

雞卵—雞春　　　　　　　港幣—港紙

蜈蚣—百足　　　　　　　賣廣告—賣告白

蚯蚓—黃蜎　　　　　　　改嫁—番頭嫁

廁所—屎坑　　　　　　　寡婦—寡母婆

鎖—鐨（taap3,音「塔」）　新郎—新郎哥

衣櫃—衫櫃　　　　　　　後母—後抵媬

衣架—衫架

「南瓜」舊時稱為「番瓜」

知識加油站

　　《廣東俗語考》（又名《廣東方言》），孔仲南著，1933年由廣州南方扶輪社出版，是一本非常有系統的字典。此書收廣東方言俗語，分上下兩卷，所收方言按天時、地理、動作、名稱、語詞等17類編排，並加注音和考釋。書中就粵語詞彙作了大量考源的工作，是研究詞語來源不可忽略的參考材料，另一方面也是研究粵語詞彙歷史變化的重要依據，頗能反映廣東方言的詞彙特色。

語言浮世繪
—— 社會百態的縮影

　　要瞭解香港的社會百態、語言文化，茶餐廳實在是一個好地方！「飛砂（不加糖）」、「走奶（不加奶）」、「走青（不要蔥）」、「加底（飯或麵要添份量）」、「靚仔（淨飯、白米飯）」、「行街（外賣）」等等，這些用語常常可以在茶餐廳裡聽得到。社會上從事各種行業的人為了工作需要而使用的專門用語，就叫「行業語」或「術語」。這種語言的變異是社會發展、職業分工的結果，是民俗語言的一個特色。

行業術語有新意

　　在歷史的長河中，語言的演變大致有兩種趨向：分化或統一。這兩種趨向都與社會的發展有密切的聯繫，社會的發展往往造成語言內部進一步的分工，其中的語言變化在一個團體內出現後，不一定能擴展到其他團體以至全民通用，這就形成了不同的語言變體。不同的社會因素如：年齡、性別、職業、教育背景、階級等都會影響語言的使用，決定不同團體之間的語言差異。詞彙一向是社會變異的探熱針，不同團體最常見的差異往往最容易反映在詞彙方面。

　　以行業變體為例，除了上述茶餐廳的術語外，還有下面的例子。用於足球比賽的有：「越位」、「十二碼（點球）」；用於排球評述的有：「後排攻擊」、「食叉燒（把握機會，『叉燒』是英文chance的音譯）」；用於零售業的有：「盤點清貨」、「清倉」；用於股價評論的有：「裂口高開」、「新股潛水」（剛上市的新股跌破招股價）；用於髮型屋的有：「飛短留長」、「劉海」；用於戲劇的有：「花旦小生」、「插科打諢」；用於電影拍攝的有：「吊威吔（吊鋼絲繩，『威吔』是英文wire 的音譯）」、「食螺絲（說話結結巴巴或講錯對白，有如口內含着螺絲）」；用於醫療的有：「處方」、「會診」；用於法律的有：「呈堂證供」、「上訴」；用於軍事的有：「登陸」、「長短程導彈」。此外，不同的學科顯然也有自己的術語，用於語音學的有：「音位」、「音素」；用於音樂的有：「節拍」、「旋律」；用於物理學的有：「原子」、「固態」；用於文學的有：「文類」、「諷喻」等。由於學科畢業生日後往往從事相關的行業，已經習得的一套特殊用語就不斷累積下去，所以行業用語可視作學科術語的延伸。

　　一般來說，香港粵語內部的語音和語法差別不大，自由通話根本不成問題。唯詞彙方面，像警察、律師、醫生、教師、侍應、建築工人、會計師、營業員、學生等，都有自己的行話，這些詞彙通行範圍有限，只供某一行業的人交際使用，行業以外的人用不着，甚至也不太瞭解。順帶一提，一些黑社會的暗語、隱語，由於涉及特定的幫派運作和利益分配，具有強烈的排他性，對本幫派以外的人絕對保密。近年通過電影人物的對白，香港人不難瞭解當中一點點，如：「着草（捲逃）」、「紅棍（打手）」等等。

茶餐廳用語「一個靚仔」即是「一碗白飯（淨飯）」的意思

知識加油站

　　以香港的情況為例，行業語、隱語、黑社會暗語都只是建構在粵語的基礎上，按照粵語的構詞規則組成一些特殊詞語，或者在已有詞語上附加另一種新意義，所以它們並不是算作獨立的語言結構系統。關於這方面的辭書，有曲彥斌主編的《俚語秘密語行話詞典》（1996）和少光、林晨、陳一江編著的《中國民間秘密用語大全》（1998）等，後者收錄了民間秘密用語8,000條，分別是「江湖隱語」、「幫會秘語」、「盜匪黑話」和「黑道切口」。

外來詞博覽萬國情
—— 語言接觸的鏡子

　　過去十多年，隨着生活水準大幅提高，香港人開始重視生活品味，茶餐廳十塊錢一杯的咖啡似乎已不能滿足新生代的要求，休閒式咖啡店越來越多。繁忙的現代都市人往往不介意花上數十元買一杯咖啡，再配上幾塊曲奇，享受一下忙裡偷閒的奢侈感。

妙在借音帶意

　　在詞彙系統中，按詞的來源來劃分，「曲奇（cookie）」和「咖啡（coffee）」都屬外來詞（loan words）。當兩種不同的語言展開接觸時，詞語的相互借用是經常發生的，它是觀察社會文化發展的重要窗口。外來詞的出現代表着新事物、新概念的產生，香港人使用的外來詞，與其他地方所用的多有不同。在現代漢語中，一些不需用外來詞去表達的事物或概念，香港人則用上了粵語音譯的外來詞，內地人光看漢字字形往往不明所指。例如：「呔（tie，領帶）」、「飛（fare，票）」、「士啤（spare，後備）」、「沙展（sergeant，警長）」、「燕梳（insurance，保險）」、「窩輪（warrant，認股證）」、「孖展（margin，借錢投資）」、「冧巴（number，號碼）」等。

　　由於是前英國屬地的關係，香港粵語的外來語絕大部分來自英語，而且數量多，涉及面廣，既有科學技術、思想文化、政治經濟，也有生活娛樂、飲食穿着、藝術體育，呈現多層次的引進態勢。例如，科學方面有：「天拿水（thinner）」、「山埃（cyanide）」；交通方面有：「的士（taxi）」、「巴士（bus）」；生活方面有：「士巴拿（spanner）」、「桑拿（sauna）」；飲食方面有：「麥當勞（McDonald's）」、「沙律（salad）」；體育方面有：「高爾夫（球）— golf」、「保齡（球）— bowling」。除了英文，也有來自其他語言的詞語，如：日語的「卡啦OK」、「料理」、「壽司」、「人氣」等；來自法語的「冷（laine）」、「梳乎厘（soufflé）」、「芭菲（parfait）」等；以及來自東南亞語言的，如：「沙爹」、「榴槤」、「喳咋」、「喇沙」、「咖央」等；還有受現代漢語影響，來自滿語的「薩其瑪」、「福晉」、「格格」和蒙古語的「胡同」、「站」等。

　　香港粵語外來詞的主要類型是純音譯詞（transliteration），即用漢字來譯寫外來詞的讀音，詞義跟譯寫的漢字不一定有關係，純粹「依聲託事」，這種詞最具洋味。如：「貼士（tips）」跟「剪貼」、「人士」毫無聯繫；「恤衫」的「恤（shirt）」與體「恤」也沾不上邊。其實要做到既表音又表意，只要在翻譯時費點心思即可，看看這些佳例：「俱樂部（club）」、「幽默（humor）」、「引擎（engine）」、「霓虹（neon）」、「圖騰（totem）」、「繃帶（bandage）」、「可口可樂（Coca Cola）」、「維他命（vitamin）」、「樂與怒（rock'n roll）」、「芒果（mango）」、「必勝客（Pizza

Hut）」等；在台灣，國語裡的「一級棒（ichiban）」、「樂透（lottery）」在翻譯時也明顯注意到音中帶義的巧妙結合。不過，當音譯和意譯不能並存時，像 Cote d'Ivoire 在台灣譯作「象牙海岸」，在內地譯作「科特迪瓦」，我們會如何選擇呢？又如 Newcastle 在香港譯作「紐卡素」，在內地譯作「紐卡斯爾」，在台灣譯作「新堡」，我們又會如何選擇呢？

　　在文化接觸時，詞語借用的發生並非單向性，英語中也有一些來自粵語的借詞，以下詞語在《牛津英語詞典》第二版（1989）中都可以查得到：'Cheongsam（長衫）'、'Wok（鑊）'、'Dim sum（點心）'、'Fan-tan（番攤）'、'Feng shui（風水）'、'Chowmein（炒麵）'、'Won ton（雲吞）'、'Longan（龍眼）'，你又知不知道為甚麼英國人要借用粵音來表達這些概念呢？

「曲奇」和「咖啡」都是外來詞

知識加油站

　　當兩種不同語言接觸時，詞語相互借用經常發生。歷史上中國曾幾次大規模的引進外來詞語，例如：兩漢時輸入西域諸國的事物類詞語，像「葡萄」、「胭脂」、「獅」、「琺瑯」等；漢末魏晉南北朝至唐宋時引入佛教詞語如：「佛陀」、「菩薩」、「剎那」、「羅漢」等；清末民初之際引進一些科學技術、政治哲學類的日語漢字，如：「鴉片」、「社會」、「生產」、「革命」等。

洋為中用出新詞
—— 打破慣例的外來詞

　　打開報紙雜誌，只見刊登的廣告中，這邊廂某某補習社寫着：「攞A冇難度，考試冇肥佬。」那邊廂某某駕駛學校又說道：「包醫肥佬，如不合格，免費重讀。」乍看之下，還以為「考試冇肥佬」、「包醫肥佬」中的「肥佬」是指人，難道胖子不許考試麼？教車師傅能醫治胖子？原來香港粵語裡的「肥佬」有兩個意思，一是名詞，指肥胖的人；二是動詞，是英語 fail 的音譯，口頭上往往只說「肥咗」，例如：「呢次英文考試又肥咗」。

弦外之音譯新意

　　粵語裡的英語外來詞屢見不鮮，這是不同文化接觸下的必然結果，外來詞的詞性絕大多數都是名詞，如：「的士」、「咖啡」、「坦克」，這是因為從西方傳進來的多是新概念、新事物和新術語等之故。英語音譯動詞相對卻較少，經得起時間考驗而又有漢字寫法的更少之又少，上述「肥佬」就是其中一個，漢字寫法已固定下來了。又如：「男子叉電時，雜嘜叉電器突然爆炸」，「叉電」是另一個使用率頗高的詞組，「叉」原為英語

動詞 charge，受粵語發音規則的限制，人們把詞尾的輔音/dʒ/去掉，並寫作「叉」，此詞現代漢語寫作「充電」。再看：「銀行現人龍，暢錢封利是」，過新年、去旅行總離不開「暢錢」，「暢」原詞為英語 change，坊間有時候亦會寫作「唱」，這個詞的使用率相當高，一些人甚至不知道它的原詞是甚麼，它同樣經歷「粵音化」的過程，詞尾輔音亦丟失了，現代漢語則以「換錢」或「兌換」去表示。

　　以下再多看幾個例子。香港特區政府禁毒處一個宣傳口號云：「啪丸等於玩命，切勿啪丸」，「啪」來自英語 pop，英語裡有 pop a pill 的說法，卻不一定指精神科藥物。「個熱水爐撻唔着！」，「撻」是英語 start 的音譯，詞首的輔音/s/ 丟失了。多年前，電視有一首糖果廣告歌這樣唱：「無愁無懼畏，永遠也冇失威，有Mantoes 伴你冇得揮」，「冇得揮」其實是「冇得 fight」，即頂好之意。近十年來，電台不少能發揮互動效應的「烽煙」節目都頗受坊眾歡迎，「特首烽煙電台為考生打氣，大談應付壓力之道」，「烽煙」在句中當動詞用。「烽煙」譯自phone-in，其妙處在於一方面英粵發音相近；另一方面，「烽煙」在漢語裡往往借代為戰爭，表示雙方交鋒之意，電台的「烽煙」節目不就是提供一個唇槍舌劍的平台嗎？又如：「某某藝人苦練六嚿（塊）腹肌，簽名會上舉啞鈴騷 quali（港式英語，源於quality；騷 quali 意指顯示才能）」，「騷」是 show 的音譯，除動詞之外有時也會作名詞用。這個字在台灣寫作「秀」，內地報章近年也開始接受「作秀」的說法，意為虛情假意。

　　另外，昔日兩個常常聽到的通俗用語現在使用率已漸漸下降，一個是「溝女」，一個是「笠嘢」。前者來自英語動詞

court，原詞有「求愛」、「追求」之意，現在逐漸為「冧女」
所代替，「冧」是方言詞；「笠嘢」則源自英語rob，原詞指搶
劫、強奪（與「偷竊，steal」分工），進入粵語後兼指偷東西，
「個銀包畀人笠咗」可指事主在不知覺的情況下被偷去財物，這
個詞現在仍未完全退出歷史舞台，又如「老笠」一詞，純粹解作
「搶劫」，很多人以為這是指罪犯在搶劫前，先用布袋蒙蓋（粵
語作「笠」）事主頭部，以免被認出，那其實是一種誤解。

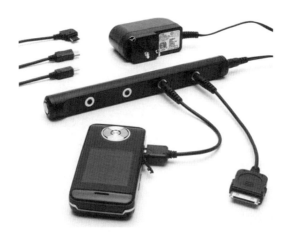

「叉電」的「叉」，源自英語charge一字。

知識加油站

　　詞彙可以劃分為基本詞、古語詞、新造詞、方言詞、外來詞、行業詞和熟語。「烽煙（phone-in）」和「騷（show）」等音譯動詞，就其來源而言，相對於中文原有的基本詞彙，它們是外來詞；就其使用範圍而言，相對於國家廣泛使用的普通話，它們是方言詞；就其產生年代而言，相對於古代的文言詞，它們是新造詞。因此，一個詞往往可以兼具不同的性質。

濫用「官方」
—— 不對稱的漢英詞義

　　我們的社會環境原本就是培養終身學習能力的好地方，要發展探究式學習能力也不一定要在學校裡。這次就讓我們走進港鐵站內發掘可供思考和學習的題材。港鐵站內一廣告上寫着：某教育機構是「英國頂尖大學及院校官方代表」。乍然一看，「官方代表」？說的好像是政府機構的代表。細看廣告內容後卻發現指的是英國大學及院校在港的「正式代表」。該教育機構旨在為香港的莘莘學子提供英倫院校的入學要求、學費、課程架構等資料，並不具官方背景。

「民」不應與「官」爭

　　現在我們在坊間經常聽到「官方」兩個字，比如說某藝人的「官方網址」，某影片的「官方版本」，某上市公司的「官方說法」，此外還有「官方消息」、「官方發佈」和「官方博客」等等，不勝枚舉。查「官方」之意義，中國最早的一部大規模語文工具書《辭源》指出「官方」解「作官應守的常道」，此為一個較早期的定義。由中國社會科學院語言研究所編輯的《現代漢語詞典》則列出「官方」意指「政府方面」，這該是現在廣為人知

「官方」的定義。例如：「美官方代表團將訪緬甸」、「俄羅斯官方代表團將來華考察」和「官方發佈 2009 年度中國主流媒體十大流行語」等。

　　上述不含「政府」義的「官方網址」、「官方版本」等例子，似是把英語 official 的兩個譯義「正式的」和「官方的」混用了，受到了英語的影響，翻譯者往往把 official website 譯為「官方網站」。其實中文和英文的詞語，很多並不能一對一的翻譯。詞義不對稱（asymmetric）的典型例子還有常用字miss，英語可解「錯過」，如：I **missed** the bus，也可解「思念」，如：I **miss** you，但中文就要分用兩個詞去表達；上課時同學最渴望的 break，英語可解「小休」，如：Let's take a **break**，也可解「打破」、「折斷」，如：The cat **broke** the vase，中文同樣用兩個不同的詞去表達；right英語既可解「右邊」，如：**right**-hand side，又可解「正確」，如：**right** answer，或解作「權利」，如：human **rights**，中文就要用三個詞去對譯。

　　隨着互聯網使用的普及，這幾年來濫用「官方」的例子處處可見，現在連寂寂無聞的販夫走卒都能在網上成立其「官方博客」。其實如果與政府機構組織無關的，最好還是採用official「正式的」這個意義比較穩妥，例如：在用於商業機構時，實際應該說是某公司的「正式網站」，藝人公司回應緋聞的說辭應該是「正式說法」才對。因此，首段提及的廣告標題或可改成「英國頂尖大學及院校正式代表」，這個改動既能精確地傳達意義，又能避免產生歧義。

為求招徠，無「官」不歡。

知識加油站

日常生活中，部分用語往往打下了「官方」的烙印，稍一不慎就容易誤用。例如「同僚」是指在政府部門中共同辦事的人，在海關工作的人可互稱「我們是同僚」，在銀行工作的人就只能說「我們是同事」；還有「署」和「處」，《辭淵》載「署」是指「官廳」，《漢語大詞典》則指「署」乃「公署」、「官署」即辦理公務的機關，「處」則指「場所」，行政機關或行政機關裡的一級單位、一個部門，如：人事處、總務處等。故此，私人辦事的處所只能稱「處」。

反對「翻叮」
—— 民間的集體創作

　　「翻叮」是香港本地的慣用語（idiom），原指使用微波爐重新加熱食物，「叮」是擬聲詞。現代口語中比喻「重複」一件事，難怪內地人看了不是很明白。社會慣用語是人們長期使用語言的過程中逐漸形成的固定詞組，多為人所知，比較大眾化。正因為它是民間的集體創作，並非由一個人創造出來的，所以具表意精煉準確的特點，使用起來活潑生動，容易得到共鳴，有時更會引起幽默風趣的效果。

為大眾所慣常樂用

　　慣用語常用來比喻一種事物或行為，它的意義往往不能簡單地從字面上去推斷，例如：香港粵語的「三幅被（重重複複）」、「炮仗頸（易動怒）」、「冇尾飛砣（斷線風箏）」、「搲車邊（僅僅）」、「咬耳仔（說悄悄話）」等等。慣用語一般比較短小，多在口語中運用，句義通常是引申比喻義，或是轉義，甚至是與原詞義完全不同的意義。香港粵語常用的慣用語，按其組合結構可分為偏正式、主謂式、述賓式、述補式和並列式，下面是一些例子：

1. **偏正式**　一嚿飯（笨拙）、牛肉乾（罰單）、擦鞋仔（馬屁精）、棟篤笑（搞笑相聲）、翻叮（重複）

2. **主謂式**　牙罅疏（守不住秘密）、豬籠入水（賺大錢）、膽生毛（膽子大）、雞同鴨講（啞巴說聾子聽）、雞啄唔斷（說個不停）

3. **述賓式**　出貓（作弊）、扯貓尾（唱雙簧）、放飛機（放鴿子）、食白果（無所獲）、發雞盲（瞎眼）

4. **述補式**　食塞米（白吃飯）、衰到爆（壞透）、悶到嘔（悶死）、講得口響（說得好聽）、瞓直咗（死了）

5. **並列式**　二打六（小角色）、有毛有翼（獨斷獨行）、雞手鴨腳（不熟練）、行行企企（無所事事）、冇穿冇爛（還過得去）

　　據曾子凡的《香港粵語慣用語研究》，香港粵語慣用語源自廣州粵語慣用語，其說法、類型、結構、特點與之一脈相承，大同小異，彼此相互影響滲透，香港粵語慣用語在繼承當中又有淘汰、更新和創新，自成一格。港穗相異的慣用語約有一、兩百條，以下是兩地同形異義慣用語的一些例子：

	香港粵語	廣州粵語
1. 大餅	硬幣；盤子	較大的烙餅
2. 充電	通過旅行、休息來補充體力	通過再學習來補充新知識
3. 打靶	槍斃	練習射擊
4. 燉冬菇	被降職	受冷落；被作弄
5. 扮蟹	被綑綁；裝模作樣	被綑綁
6. 百有	伯母	百樣皆有
7. 放蛇	喬裝辦案	偷懶
8. 捉蟲隊	捉害蟲的人員	市容執法隊
9. 乾塘	把魚塘的水抽乾；沒有錢	把魚塘的水抽乾
10. 道姑	尼姑；吸毒的女性	尼姑

　　有的人常常將慣用語和成語相混淆，雖然兩者有一定的相似性，彼此都是較固定的詞組，但慣用語的固定性比成語要差一點。慣用語可以拆開來說，比如：「放咗幾次飛機」；成語使用要求很嚴格，中間不能加字，也不能拆開使用。慣用語是從口語發展來的，口語性強，而成語則可用作書面語。

《香港粵語慣用語研究》書影

知識加油站

　　《香港粵語慣用語研究》，曾子凡著，2008年由香港城市大學出版社出版。該書是香港第一本有系統地研究粵語慣用語的專著，書中收錄近三千條香港慣用語，進而分析其來源、構造、特點、功能、語用，並比較與廣州粵語或共同語的異同，指出使用時要注意的問題，另備有索引及附錄，翻查對照容易。

一語雙關盡詼諧
—— 漢語的文字遊戲

　　有同學不明白為甚麼「和尚擔遮——無法（髮）無天」是歇後語而不是慣用語。詞彙系統裡，歇後語是熟語的一種，相對於成語、格言而言，用字比較通俗、口語化。「姜太公釣魚——願者上釣」、「泥菩薩過江——自身難保」、「八仙過海——各顯神通」等等都是大家耳熟能詳的歇後語。它有點像文字遊戲，帶給人一種隱含的意思，有時又一語雙關，增添幾分幽默。

警世借喻笑盡百態

　　歇後語和慣用語最大不同的是，歇後語由兩部分組成，前半多用比喻，像謎語的謎面；後半是解釋或說明，相當於謎底。通常只說前半，「歇」去「後」半，就可以領會到它的意思，本意不言而喻。比如說：「明明是他出賣你，現在卻裝作若無其事地走來安慰你，真是貓哭老鼠！」，「歇」去了「假慈悲」。歇後語是漢語的精粹部分，各地歇後語的取材亦不盡相同，因此它可說反映了大江南北的生活文化，而廣東一帶的歇後語更帶有粵語本身生動有趣的特點。以下是一些經典的粵語歇後語：

1. 單眼佬睇老婆 —— 一眼睇晒（一目了然）

2. 老公撥扇 —— 妻（淒）涼

3. 潮州音樂 —— 自己顧自己

4. 生蟲拐杖 —— 靠唔住

5. 十月芥菜 —— 起心

6. 跪地餵豬乸 —— 睇錢份上

7. 牛皮燈籠 —— 點極都唔明

8. 太公分豬肉 —— 人人有份

9. 財到光棍手 —— 一去冇回頭

10. 年晚煎堆 —— 人有我有

11. 冇掩雞籠 —— 自出自入

12. 白鱔上沙灘 —— 唔死一身潺

13. 阿茂整餅 —— 冇個樣整個樣

14. 光棍佬教仔 —— 便宜莫貪

15. 壽星公吊頸 —— 嫌命長

16. 阿崩叫狗 —— 越叫越走

17. 非洲和尚 —— 黑（乞）人僧（憎）

18. 抬棺材甩褲 —— 失禮死人

　　上述例子可看出歇後語最大的特點：前後部分具邏輯推理關係，後半截的說明部分是前半截的比喻部分的推理結果。例如：「生蟲拐杖」，眾所周知拐杖多是木造，生了蟲的拐杖既已被蟲蛀食，當然不能再依靠（靠唔住）。有些語例更在這個基礎上加入了諧音的元素，比如：「非洲和尚」即是黑人僧，與粵語「乞人憎」諧音，即「討人厭」的意思。

　　不過，近年網上有不少「流行」歇後語的網站，當中收錄的
例子多為三字句，且不一定具上述特點，「歇」去「後」半並不
一定能猜出它的意思，以下是一些例子：

1. 笑騎騎 —— 放毒蛇

2. 側側膊 —— 唔多覺

3. 趁佢病 —— 攞佢命

4. 走得摩 —— 冇鼻哥

5. 有殺錯 —— 冇放過

6. 爛撻撻 —— 唔負責

7. 頻頻撲 —— 冇聯絡

8. 淡淡定 —— 有錢剩

9. 有Background —— 冇困難

10. 一個包 —— one bun（諧音「搲笨」）

11. 大機會 —— big chance（諧音「迫餐死」）

12. 平治腳掣 —— Benz break（諧音「辦事不力」）

13. 紅番排隊去廁所 —— 羽毛輪廁（羽毛比喻頭上愛戴羽
    毛裝飾的印地安人，此處諧音「語無倫次」）

14. 百足講嘢 —— 蜈蚣道（諧音「唔公道」）

　　上舉例子，部分其實不符合歇後語的定義，只算是一些慣
用語或兒童順口溜，例如：「走得摩 —— 冇鼻哥」，前半截不
是謎面，後半截也不是前半截的解釋或說明；部分例子僅利用諧
音，非循意義方面作推敲，當中尤以英語諧音為多，比如：「一
個包」英語直譯是 one bun，讀音與粵語「搲笨」相似，前後不

是推理關係。這些流行歇後語所反映出來的，除了用語中英夾雜之外，莫過於深度不足的詞彙表達！

姜太公釣魚──願者上釣（圖為西安旅遊景點姜太公釣魚處）

知識加油站

2008年出版的《古今中外天文地理歇後語大全》分「天文編」和「地理編」，共收詞三萬多條，詞目均按第一個字的筆畫順序排列，是中國第一部專題歇後語讀物。天文地理歇後語一般都由前後兩部分組成，前一部分對某一天文地理的行為動作、情況狀態加以比喻、形容或描繪，後一部分就前一部分所說的意思加以解說。

語法編

「薰衣草森林有很多花花草草，還有許多木製的裝飾品。我最愛木製的木椅，喜歡坐在上面吹吹涼風。」這段話哪裡出現問題呢？

上例犯了一個很明顯的毛病，就是累贅。「木椅」當然是「木製」的，不存在其他可能性！這裡宜把「木製的」刪去。不過，如果「木椅」前的修飾語具限定功能的話就當別論，例如：「藤木製的木椅」、「柏木製的木椅」、「檀木製的木椅」等。

語法，是語言構詞造句的規律，在語言中起着非常重要的作用。

語法學家告訴我們，語言的規則是有限的，但這些有限的規則可以組合成無限的句子。當我們理解一個句子時，不僅要懂得每一個詞所表示的意義，還要瞭解詞與詞之間的組合關係。此外，句子與句子之間如何組成語段或語篇，也要遵循一定的規則。如果組織起來的句子或語篇，違背了有關的規則，不符合表達習慣，就會出現語法錯誤的問題。因此，要保證句子通順，就要提高語言的警覺性和準確性，避免造出語法錯誤的句子；而掌握辨析和糾正語法錯誤的能力，就是修改病句的基本功。

本編各篇專文着重歸類分析常見帶有語病的句子，並提出修改的辦法，以期提高讀者辨析病句的能力。日常生活最常見的病句型態，可以從句子和語篇兩方面作出歸納。句子層面有：成份殘缺（參見本書〈對症下藥修病句 ── 成份殘缺的病句〉一文，頁83-85）、累贅冗長（參見本書〈句子清爽添嫵麗 ── 成份贅餘的病句〉一文，頁86-89）、不辨動賓關係（參見本書〈「救火」還是「救人」──現代漢語賓語類型〉一文，頁90-92）、搭配不當（參見本書〈「策騎」單車 ── 動賓搭配不當〉一文，

頁93-95）、並列不當（參見本書「門當戶對」串成佳句 ——並
列不當的病句〉一文，頁96-99）、修飾語過長（參見本書〈定
語太長意難明 ——句子「頭重腳輕」〉一文，頁100-103）、濫
用「被」字句（參見本書〈「被」字用法要講究——從典型的歐
化到無奈的活用〉一文，頁104-107）、濫用「進行」句（參見
本書〈不「進行」不行？——濫用「進行」的句式〉一文，頁
108-111）。本編最後兩篇文章是關於語篇層面的，分別是語義不
清（參見本書〈前後不照應，文意變模糊 ——語義不清的病句〉
一文，頁112-115）和錯用指示詞（參見本書〈這個嘛——中文的
指示詞〉一文，頁116-119）。

　　如何使用正確的詞句？句子與句子怎樣組合？都是為文過
程中不能忽視的要點。文章的主題是靠文字來表達，書寫的最基
本要求是撰寫符合語法的句子，如果沒有正確的詞句為基礎，造
成文意不通、邏輯不清、語義之間缺乏連貫性、句與句之間缺少
必要的照應，就無法有效地達致溝通表達的目的。剖析病句的成
因和認識改正的方法，對我們提高閱讀和寫作能力都有裨益；把
病句當作反面教材，利用反面教材去學習也不失為一個方法。另
外，多閱讀優良的作品，不但能提高我們的語感和修改病句的
能力，減少語病的出現，而且能為我們積累更多寫文章的語言
素材。

對症下藥修病句
── 成份殘缺的病句

句子的成份有主語、謂語、賓語、定語、狀語和補語，「成份殘缺」主要表現是主語、謂語和賓語等基本句子成份欠完整。成份殘缺的句子，結構往往破損不齊，意思不清楚。試看以下例子：「多輛懷疑參與非法賽車的私家車凌晨在香港觀塘衝過警方路障，釀成最少 8 車相撞，警方拘捕 5 名男子。」（《香港商報》，2009年7月13日）謂語「釀成」一般和「意外」或「事故」搭配，不和「相撞」搭配，「釀成相撞」給人還沒有說完的感覺，宜補充為「釀成最少8車相撞的意外」，這樣結構就變得完整了。

修殘補缺，弄清句意

在語法上，成份殘缺主要有以下三種表現：

（一）主語殘缺

1. 聽了校長的報告，訂出了本學期的學習計劃。
2. 經過這次討論，使我的信心更大了。

這兩個句子都沒有主語，意思都不清楚。例句 1 不知誰「聽了校長的報告」，「誰」訂出了學習計劃，修改時應加上主語，可以改成「聽了校長的報告，同學都訂出了本學期的學習計劃」。例句 2 因為濫用了「經過」一類的詞，將主語隱藏起來，修改時只要刪去「經過」，主語就露出來了：「這次討論使我的信心更大了。」「這次討論」便是主語。

（二）謂語殘缺

3. 他為求達到目的，竟然不惜任何手段。

4. 電視裡的卡通節目小朋友最喜愛。

例句 3 句首提出了「他」為陳述焦點，但後句缺乏相應的謂語，修改的時候可以加上動詞「採取」，句子補充為「竟然不惜採取任何手段」。例句 4 明顯缺少了謂語，造成句子不完整，可加上謂語「是」改為「電視裡的卡通節目是小朋友最喜愛的」。

（三）賓語殘缺

5. 我們稍微動腦筋分析一下，就能識破那些祈福黨騙徒。

6. 本產品含有多種維他命成份，皮膚吸收後可以改善面部皮膚暗啞。

例句 5 的謂語是「識破」，一般和「詭計」搭配，不和「騙徒」搭配，識破的應該是詭計才對，所以這個句子應該改成「識破祈福黨騙徒的詭計」。例句 6 中，謂語是「改善」，改善的對象不是皮膚暗啞，而是某一種情況，這句可改成「改善面部皮膚暗啞

的情況」，賓語部分就完整了。

　　對於成份殘缺的病句，要注意以下幾種情況：遇到介詞開頭的句子，檢查是否患主語殘缺症（如例句 2）；遇到帶較長定語的句子，檢查動詞是否帶有完整的賓語（如例句 6）。按「誰幹甚麼」或「甚麼怎麼樣」的模式去檢查，就可以發現缺少甚麼成份。知道了缺少甚麼成份，才可以對症下藥修改句子。

「兩個皇上」選拔的人才

知識加油站

　　成份殘缺往往導致文意不清和邏輯混亂等問題，甚至造成語言上的冒犯，舉例說：「兩個皇上選拔的人才」，到底是「兩個皇上」還是「兩個人才」呢？按理說一個國家只有一個皇帝，所以應該指「兩個人才」。這個句子可加上介詞改成「兩個由皇上選拔的人才」，不但結構完整而且句意清晰；改變語序把「兩個」置於「人才」前面變成「皇上選拔的兩個人才」亦可。

句子清爽添嫵麗

—— 成份贅餘的病句

　　句子結構已經完整了，句意已經明確了，如果再多出一些表達相同意思、起相同作用的詞語，就會出現成份贅餘的毛病。例如：《亞洲週刊》一篇專訪中有如下一段介紹：「身在紐約，剛勇奪一籃子美國各大電影獎項的李安表示，《斷背山》演變為文化現象是他當初始料不及的。」末句「當初」與「始料不及」中的「始」語義重複，應把「當初」刪去。

文辭洗練去彆扭

　　常見成份贅餘的毛病主要有以下三種情況。

（一）堆砌詞語

　　1. 明天就是報名截止日期最後一天，希望還沒報名的商家不要錯過。（新浪博客，2009年1月30日）

　　2. 首席經濟分析師一職，主要負責掌握管理地產以至按揭市場。（IFPHK，2009年10月15日）

　　3. 任何人違反協議內容，須付至少兩萬元以上的賠償金。（台灣法律諮詢服務網，2006年6月8日）

堆砌詞語，多半是刻意增加詞彙量而造成的。修改時，一般只要選擇一處詞語就可以了。例句 1 中，「截止日期」即是「最後一天」，不必反復強調，宜改為「明天就是報名截止日期」或「明天就是報名限期的最後一天」。在例句 2，「掌握管理」與前面的「負責」內容重疊，有堆砌詞語的毛病，宜將其刪去。例句 3 所謂賠償「至少兩萬元」或「兩萬元以上」都可以，但語義上「至少」和「以上」的說法產生矛盾，宜二擇其一。

（二）語義重複

4. 考試季節將至，一眾莘莘學子編定考試時間表，埋頭苦幹。（教協網，2006年11月23日）

5. 1,400名非常酷愛冬泳的人參加了第82屆「北極熊」冬泳活動。（百度，2008年2月24日）

6. 凡是身份特殊但不便透露的人，都是有難言之隱的苦衷。（豆丁網——成語誤用，2009年4月15日）

句子中相鄰的詞語重複了，給人的感覺就顯得囉嗦，好比畫蛇添足，多此一舉。例句4 中，「莘莘」解作眾多的樣子，泛指眾多的讀書人，「莘莘」和「一眾」語義重複，不能寫作「一眾莘莘學子」。例句5 的修飾成份「非常」和「酷」重複，「酷」本來就帶有很、極的意思，「酷似」作極其相似解，這個例句可刪去「非常」一詞。例句6 中，「隱」是隱情之意，這裏是指深藏於內心的話或事，難以說出口的苦衷，「難言之隱的苦衷」中的「隱」和「苦衷」是重複了使用。

（三）虛詞多餘

7. 美國基因科學家首度將人類基因排序公諸於世。（香港曼格論壇，2007年11月13日）

8. 批判思考所以困難的原因之一，是因為它是一門高階技能。（新浪博客，2008年12月5日）

9. 該公司其中一個的強項是開發網站和網站系統。（88DB服務網，2008年11月17日）

虛詞是一些表示語法關係的詞，例句 7 中的「諸」字，是「之於」的文言合音字，與其後的「於」重複，可將「於」刪去，或改為「公之於世」。例句 8 的「原因」與「因為」重複，可將「的原因之一」或「因為」刪去（如刪去「因為」，後半部分可改為「在於它是一門高階技能」，以免「是」字重複出現而令句子彆扭）。例句 9 中，數量詞可以直接修飾名詞，中間不必加插助詞「的」，可改為「一個強項」。

句子成份贅餘，是病句中的一個重要類型。如果對詞語的意思和語法功能理解不足，把握得不準確，就容易造成詞句語義重複。只有提高語言的表達能力、分析判斷能力，培養自己對語言敏銳的感受力，才能為日後修改作文打下良好的基礎。

說「院子裡有兩棵棗樹」就是精簡？

知識加油站

　　魯迅曾說他家屋後「有兩棵樹，一棵是棗樹，另一棵也是棗樹」。有人認為這是累贅，說屋後有「兩棵棗樹」不就準確地傳達了訊息麼？其實魯迅的寫法，不但增加了文章的感情色彩，而且加深了讀者對他家屋後兩棵樹的印象。又如另外一個例子，某電影主角對人說「我有三個願望，第一是錢，第二是錢，第三也是錢！」這都是同一個道理。

「救火」還是「救人」

── 現代漢語賓語類型

我們常常聽到某某大廈發生火災時，英勇的消防員奮不顧身地進入火場「救火救人」，那麼消防員「救」的到底是「人」還是「火」呢？兩者意義上是相反的，「人」該是拯救，而「火」卻是應該撲滅；又例如，旺角鬧市中一個大型廣告板上寫着：「補英數，補現代教育」。對比之下，動詞「補」後兩個賓語的語法意義好像不太相同。

要明確動詞的支配對象

以上兩個例子，正好說明現代漢語的動詞和賓語之間的關係和賓語的功能。賓語（objects）是動詞的連帶成份，它指出動詞支配關涉的對象是「甚麼」、「誰」或者「哪裡」等。動賓詞組由兩個部分組成，前一部分表示動作或行為，語法上稱為「述語」；後一部分是動詞的連帶成份，語法上稱為「賓語」。現代漢語裡的賓語有着不同的功能類型，表示各種不同語法意義和語法關係，以下舉出一些常見的例子：

類型	功能	例子
受事賓語	表示動作或行為涉及的對象	吃飯、炒菜
施事賓語	表示動作或行為的施事者	來了新老師、曬太陽
時間賓語	表示動作或行為關涉的時間或節日	守夜、過中秋
數量賓語	表示動作或行為關涉的數量	吃了三個、複印兩份
處所賓語	表示動作或行為關涉的處所	住宿舍、經過圖書館
結果賓語	表示動作或行為完成後的結果	挖洞、做飯
原因賓語	表示動作或行為的原因	避雨、逃難
目的賓語	表示動作或行為的目的	考資格、商談業務
工具賓語	表示動作或行為所憑借的工具	寫毛筆、塗油漆

　　由是觀之，「救火」是原因賓語，因為火災的緣故而採取救援行動；而「救人」則是受事賓語，把人從災難中拯救出去。在「補英數，補現代教育」這個例子中，前者的意思是「為了提高英文科和數學科的成績而去補習」，「補英數」的賓語是目的賓語，「為了英文和數學兩個科目而去補習」；但後者不等於「為了現代教育而去補習」，而是「現代教育幫你補習」的意思，「現代教育」才是提供服務的主體，「補現代教育」的賓語則是施事賓語，即是發出動作的主體，這是現代漢語賓語類型的一個特點，若把「現代教育」看作地點的話，也可以解作「到現代教育來參加補習班」，這樣，它就是處所賓語了。

　　漢語的動詞，有些只能帶一個賓語，有些卻可帶兩個賓語，即「雙賓語（double objects）」。雙賓語中接近動詞的賓語叫「間接賓語」，通常是指人的；較遠的賓語叫「直接賓語」，一般指事物的。能帶雙賓語的動詞有「給」、「送」、「贈」、「問」、「借」、「還」、「罵」、「教」，例如：「給他一本書」、「問你一個問題」、「教我數學」等。

圖中，動詞「補」後的「英數」和「現代教育」是兩個不同功能的賓語類型。

知識加油站

　　從類型學（typology）的角度來看，現代漢語的語序是屬於「主謂賓」式，例如：「我讀書」，英語也是這種結構。日語、韓語則屬「主賓謂」式，即「我書讀」。此外還有「動主賓」式（讀我書）、「賓動主」式（書讀我）、「賓主動」式（書我讀）和「動賓主」式（讀書我）等。有些美國學者認為，人類語言大部分都可以歸納到頭兩種類型中去，而最後一種則是稀有的。

「策騎」單車
── 動賓搭配不當

　　報章報道：「一婦人因『無合法權限或解釋而無明顯需要而在行人路上策騎單車』（《簡易程序治罪條例》第 4 條 8 節，該句法例原文是：rides or drives on any foot-path without obvious necessity；中譯為：無明顯需要而在行人路上策騎或駕駛），違反了香港法例第 228 章，被判罪名成立，罰款 400元，須於三個月內繳付」。本文無意從法律觀點討論此條例的內容，不過從語法角度看，報章對「策騎單車」的說法並不恰當（即使是引用法庭的判詞），犯了動詞和賓語搭配不恰當的毛病。況且，該節法例中譯本中的「策騎」，習慣上是與動物搭配，如馬或牛等，而「駕駛」是與車輛搭配。

騎單車何須用馬鞭？

　　「策」原來是指鞭打馬匹的工具，作為動詞的時候有鞭打的意思。「策騎」在古代漢語中本來就是動賓結構，「騎」讀去聲，指乘坐的馬，在現代漢語中的「策騎」可以帶賓語和可以不帶賓語，不帶賓語的例子如：「在郊外策騎」、「由某某人策騎」等。帶賓語的時候，後面多與馬匹搭配，表示鞭打、馴服的

意思，如：「策騎小馬」、「策騎馬匹」；另外，「策騎」也可以做定語，修飾後面的中心詞，如：「策騎員」、「策騎課程」等。如果說「策騎」一輛「單車」的話，就好像要鞭打單車使它馴服一樣，這種說法給人滑稽的感覺，較為恰當的做法是刪去「策」，改為「騎單車」，或援用該節法例原文的「駕駛」（drives）字眼就可以了。

以下三句都是動詞和賓語搭配不當的例子，我們可以先把句中的動詞和賓語找出來，然後再檢查兩者是否搭配得當：

1. 全運會女子體操團體決賽，廣東隊將同北京隊爭奪冠亞軍。
2. 他們冒着滂沱大雨和泥濘的道路前進。
3. 為了彌補沒有親人陪伴過聖誕節的困境，兒童之家為孤兒們舉辦了一些慶祝活動。

在例句1，「爭奪」是動詞，「冠亞軍」是賓語，既然已經進入決賽，兩隊可說是「坐亞望冠」，「爭奪」的對象按道理應是冠軍而不是亞軍，故可改為「廣東隊將同北京隊爭奪冠軍」。在例句2，我們可以「冒着滂沱大雨前進」，卻不能「冒着泥濘的道路前進」，這個搭配並不相應，「泥濘的道路」在句中可以作為表示地點的狀語充當句子成份，全句宜改為「他們冒着滂沱大雨在泥濘的道路上前進」，這樣就通順得多了。在例句3前半句，「彌補……困境」是不正確的說法，「彌補」的意思是補償，例如：「彌補赤字」、「彌補過錯」，「困境」意為困難的境地，我們可以說「擺脫困境」，卻不能說「彌補困境」，上句可改為

「彌補沒有親人陪伴過聖誕節的缺憾」。

　　句子成份搭配不恰當是常見的語病問題，除了動賓搭配不當外，還有主謂搭配不當、主賓搭配不當、介賓搭配不當、關聯詞語搭配不當、修飾語和中心語搭配不當等問題。語句通順是寫作的基本要求，要提高語文水平，就要多做改錯練習和多閱讀課外書籍，這些都是增強語感的重要途徑，有助我們提高寫作水平。

呂叔湘主編的《現代漢語八百詞》（1999）書影

知識加油站

　　《現代漢語八百詞》（增訂本）是中國第一部現代漢語語法詞典。該書選詞以虛詞為主，也收部分實詞，每個詞按意義和用法分項說明，附音序和筆畫索引。本詞典的特色除了在正文之前加添了「現代漢語語法要點」章節外，正文之後還附了「名詞、量詞配合表」和「形容詞生動形式表」供語文工作者參考。

「門當戶對」串成佳句
—— 並列不當的病句

　　為提高交通服務的素質，小巴公司設立投訴熱線，並把告示張貼在車內，上面寫着：「如對本司機服務態度及駕駛不當請致電×××」。這個告示的出發點值得肯定，然而語法上卻犯了並列不當的錯誤。「並列關係」是指兩個或兩個以上的詞組，分別陳述幾種事物或幾件事情，或一件事情的幾個方面，詞組之間是平行相對的關係，例如：「蘋果和香蕉」便是並列關係。

詞組並列應理順搭配關係

　　我們可以說「如對司機服務態度不滿請致電×××」，也可以說「如司機駕駛不當請致電×××」，卻不能將兩個句子硬湊在一起，變成告示上的句子，「及」字前後的成份根本不能並列，「本司機」的說法也不恰當，該是「本車司機」之誤。此外，是不是「及」前後的情形都出現才可以致電投訴呢？還是出現其中一種情形就可以投訴呢？如果是後者，「及」就要改成「或」了，全句建議改為「如本車司機服務或駕駛態度不當，請致電×××」。其他例子如：「本產品可用於高血壓、高血脂、冠心病、中風發作等疾病的輔助治療」也屬於並列不當的典型例

子，「中風發作」不是疾病名稱，不能與「高血壓」、「高血脂」和「冠心病」並列一起，宜改為「中風」。

概念從內涵上說，總有一定的意義範疇，並列的短語（詞組）應從屬同一類別，不同範疇的概念不能並列使用。試看下舉例子：

1. 動物園裡很多不同種類的動物，大大地開闊了我的視野，例如：有獅子、老虎、大象、猩猩、魚類、鯊魚、鳥類、孔雀及各種蝴蝶。

2. 他是個文學愛好者，閱讀了大量的小說、詩歌、散文以及外國名著。

3. 他踏遍了多處世界遺產，測量、攝影、分析和研究古建築和文物達100 項之多。

4. 本服務中心為兒童提供了跳繩、羽毛球、拼圖和不同棋類等多項體育活動。

例句1 是從屬關係並列不當的例子。概念之間有種屬關係，外延大的概念包含着外延小的概念，存在種屬關係的概念不能並列。「魚類」與「鯊魚」，「鳥類」與「孔雀」、「蝴蝶」在概念之間存在上下位關係，不能並列在一起。例句2 是交叉關係並列不當的例子。一個概念的部分外延與另一個概念的部分外延相同，這兩個概念之間的關係稱為「交叉關係」，例如：「年青人」和「義工」，「年青人」之中有的是「義工」，有的不是；而「義工」之中有的是「年青人」，有的是其他年齡群組。交叉關係的概念在使用時不能並列，「小說」、「詩歌」、「散文」

與「外國名著」存在交叉關係，不能並列使用。例句3 是詞性不同的例子，「測量」、「分析」和「研究」都是可帶賓語的動詞，而「攝影」則是名詞，不能帶賓語，不與「古建築和文物」搭配，應改為動詞「拍攝」。例句 4 嚴格來說只有「跳繩」可稱為「體育活動」，「拼圖」屬智力遊戲，「羽毛球」、「棋類」是用品而不是活動。它們並非同一範疇的概念，不能並列。

　　現實應用中，由並列不當引起的語病可謂比比皆是，要避免寫出像「代訂報刊、雜誌、電視和其他出版物」這樣的病句，當句中出現短語並列時應認真細緻地審視辨析，看清其搭配關係，準確地檢查出句子的毛病，才能對症下藥，予以改正。

在語法上，「對本司機服務態度」和「駕駛不當」不可並列。

知識加油站

　　「並列不當」是內地高考語病題主要考察的類型之一，其他還包括語序不當、搭配不當、成份殘缺、結構混亂、語義不明和不合邏輯等語病。內地出版商看準現實需要，每年都會出版一些典型的病句練習題和歷年高考病句題，為應考者提供語言訓練的材料，以增強他們改正病句的能力。

定語太長意難明
—— 句子「頭重腳輕」

運輸署網頁的「牌照服務」欄目中有以下一項內容:「曾獲運輸署發出證書證明其提供的反光字牌符合1972 年 9 月11 日公佈編號 B.S. AU 145a 的英國標準規格並同意將其資料公開給公眾人士的公司名單」。(英文原文為:List of Companies with their Submitted Reflex-reflecting Number Plates Issued with the Certificates of Compliance with the Requirements Published on 11 September 1972 under the Number B.S. AU 145a and Agreed for Release of their Information to the Public)這個句子的中心詞是「公司名單」,然而前面的修飾成份卻異常複雜,給人累贅堆砌的印象,明顯是硬譯英語的結果。此種句式上受外語影響的句子,可稱為「歐化句」。

拿來善用切忌生堆硬砌

傳統中文句式的特點是多用短句,少用複雜冗長的前飾句。1919 年五四運動以來,新文學作家深受外國文學的影響,隨着語言的接觸,有些外文的句法(尤以英語為甚)已為中文所吸收,成為現代漢語的一部分。魯迅「說歐化文法侵入中國白話的大原

因不是好奇，乃是必要。要話說得精密，固有的白話不夠用，就只得採取些外國的句法。」（摘自《朱自清文集・魯迅先生的中國語文觀》）這反映清末民初由文言文過渡到白話文期間，所謂的「標準中文」還沒有建立起來，以致外語句式填補了某些中文句法上的空白。試看看現代文學中的例子：

在千門萬戶的世界裡的我。（朱自清〈匆匆〉）

這個句子在「我」之前加上「在千門萬戶的世界裡」作為修飾成份，明顯異於傳統文言句式中，在人稱代詞之前不加修飾語的習慣。

　　語言接觸的正軌正是取人之長，補己之短。句式「歐化」不一定是壞事，但若引起理解上的偏差或句子顯得彆扭不通順的話，就要多加留意了，例如：

　　1.　行兇後當場被 2 名休班勇警擒獲的疑兇，為一宗38萬元勒索案的被告。（香港《文匯報》，2009年9月8日）

　　2.　昨天缺席立法會一個委員會會議的他，接受港台電話訪問時，仍「死撐」堅持同一口徑。（香港《成報》，2009年10月6日）

　　3.　他們走進我母親從以出來的客廳。（董秋斯譯，狄更斯著《大衛・科波菲爾》）

　　4.　商曲水只見面前站着一個身穿黑色鏤暗花長袍，樣式簡單，周身再無修飾，容貌如女兒一般漂亮的男孩子。（晨木《春無常》）

　　例 1 前句，中心詞「疑兇」之前的修飾成份「行兇後當場被 2名休班勇警擒獲」似乎長了一點，可把中心詞改置於句首「疑兇行兇後，當場被 2 名休班勇警擒獲」，句子簡明多了。同樣，例句2「他」之前不宜加上太長的修飾語，可改成「他昨天缺席了立法會一個委員會會議，在接受港台電話訪問時⋯⋯」。例句 3 明顯翻譯自英語‘They went into the parlour my mother had come from’，中心詞「客廳」前的成份又長又不通順，若改成「他們走進客廳，我母親剛從那裡出來」就更符合中文習慣。例4 的中心詞「男孩子」前的定語太長，給人「頭重腳輕」的感覺，宜改為後飾句「商曲水面前站着一個男孩子，他身穿黑色鏤⋯⋯」。其他常見歐化的現象諸如以「一個」代替英語冠詞 a／an，方位詞的省略，多用它／牠和多用被動式等。

　　無論從詞彙學還是句法學的角度看，自白話文運動以來，中文都日益受到外語潛移默化的影響。雖然引起了一些弊病，但我們不能抹煞良性的西化，使中文的語言風格更趨完美的事實，正如余光中說：「文言的簡潔渾成，西語的井然條理，口語的親切自然，都已馴馴然納入了白話文的新秩序，形成一種富於彈性的多元文體。」（余光中《分水嶺上·從西而不化到西而化之》）

1920年代提倡白話文的雜誌《新青年》

知識加油站

　　「定語」是名詞前面的修飾成份，能回答「誰的」、「甚麼樣的」、「多少」等問題，主要由形容詞、名詞、代詞、數詞等充當，例如：「美麗的海港」、「香港的街道」、「我的筆」、「一隊隊野雁」；被修飾的名詞叫「中心詞」，是句子的主要成份。假如修飾成份太長就會喧賓奪主，不能突出中心詞了。

「被」字用法要講究
—— 從典型的歐化到無奈的活用

香港貿發局網頁「市場透視」內，發佈了一段關於綠化昆明空地的內地新聞，標題是「昆明出台新規　城市空地閒置一個月將被實施綠化」。語法上，「被實施綠化」並不符合傳統中文的使用習慣。首先動詞「實施」帶的是名詞賓語，例如：實施新措施、實施新法例，不與動詞「綠化」搭配；第二，傳統中文不常使用「被」字句，中文表示被動語態時，不必如英語般在語法上有形式標記，比如中文說：「米吃光了」、「飯煮好了」，意義上已經表示被動，不需用「被」字來作記號，但英語都必須使用被動語態。上述例句如改為：「將實施綠化新規定」或「將進行綠化工程」等，都不用影響原句的被動意義。有的研究者認為，「被」字句使用頻率偏高，是中文「歐化」（Europeanization）其中一項表現。

「被」字句使用率偏高

所謂「歐化」句，主要是指「英化」句式。新文學運動以來，不少作家經由翻譯或閱讀外語而深受外國文學，特別是英國文學的影響。隨着語言的發展，有些英文的句法已為中文所吸

收，成為中文的一部分，「被」字句便是一例：

太陽還在西邊的最低處，河水被晚霞照得有些微紅。（老舍
《駱駝祥子》）

民國初期，朱自清的散文創作也不免受到這種影響，他在
〈誦讀教學〉一文中指出「歐化自然難免有時候過份，但是這
八九年來在寫作方面的歐化似乎已經能夠適可而止了」。初期白
話文表達不夠精密，受西文的影響增加一些新句式，是無可厚
非，比如適當地運用「被」字句，豐富了中文的表現力，當然可
以吸納到中文裡，但若加上「被」字後，句式不簡不通就應多加
注意。下列例句中的「被」字都可以省去，被動意義保持不變：

1. 留言已被保留。
2. 你的訊息已被發送出去。
3. 新課程將於下學年被實施。
4. 該事項留待下次會議再被討論。

過去，「被」字句往往帶有負面的意味，譬如：「被人打
了」、「被老師責罰」等。不過現在一般使用上，「被」字句似
乎也可用來表示愉快的事件，例如：「被老師稱讚」、「被上級
嘉許」等。表示被動，除了「被」之外也可以使用其他的詞語，
例如：

1. 城大教授獲瑞典皇家文學院提名院士銜。

2. 年輕富豪遭法庭裁定不小心駕駛罪成。

3. 發酒瘋的小李給老闆叫來幾個人打了一頓。

4. 古代的歐洲，痲瘋病患者往往為社會所遺棄。

5. 香港貧富日趨懸殊嚴重，團體指政府應受責難。

　　上述「獲」、「遭」、「給」、「為……所」、「受」等都是被動的標記，語體色彩上它們之間亦可區分出微小的差異。「獲」多用於褒義，如：「獲稱讚」、「獲嘉許」；「遭」多用於貶義，如：「遭判刑」、「遭批評」；「為……所」則明顯帶文言色彩。此外，介詞「叫」和「讓」用法上與「被」基本相同，不過「叫」和「讓」口語色彩較濃，莊重嚴肅的場合最好還是使用「被」字。

BB的迷惑——「我是被出生的嗎？」

知識加油站

　　近年內地一連幾起社會關注的死亡事件中，當事人的死因都被官方簡單歸結為「自殺」，人們紛紛提出質疑並開始在網絡上傳播「被自殺」一詞。後來，「被自願」、「被增長」、「被就業」、「被小康」、「被失蹤」等詞也相繼紅透互聯網，成為輿論焦點。這種新的表述方式反映出個人權利的無奈訴求，面對公權力不斷衝擊着社會誠信，弱勢社群只能以「被」字把質疑、委屈、憤怒、指責等種種情緒傾瀉出來，活學活用「被」字句。

不「進行」不行？
── 濫用「進行」的句式

　　「進行」是一個使用頻率不低的動詞，原意是「向前行走；事情依照次序向前推動、辦理」（台灣教育部國語辭典）。「進行」可直接帶名詞賓語或由名詞性短語構成的賓語，例如：進行比賽、交易、諮詢工作、道路工程、導彈試驗、考察活動等。

「進行」新用法

　　不過，近年「進行」冒出一種新的用法，就是能與其他動詞連用或帶動賓短語：

　　1. 改變土地用途須向政府進行申請補地價。（香港屋網，2009年9月16日）

　　2. 如要舉報逾期逗留或聘用非法勞工等有關違反入境條例罪行，現在可透過互聯網進行舉報。（香港政府一站通「入境事務」，2010年2月27日）

這兩個句子如分別刪改成「向政府申請補地價」和「透過互聯網舉報」都不會影響句子原意。

　　有的學者認為「進行」的使用可反映兩點：第一，語氣顯得鄭重，語體色彩更為正式；第二，「進行」本來是動詞，現在能與其他動詞組合，其「向前行走；事情向前推動」的原意慢慢減弱，顯示它正處於虛化階段，漸漸蛻變成助動詞，語法特點跟「應該」「可以」「必須」「能夠」「希望」相似。

　　先說第一點，「進行」帶名詞時的確給人較正式的感覺，如：

　　3. 學校在暑假期間將進行裝修工程。

若改成「做裝修工程」就顯得比較口語化。但如果以為句子加上「進行」就會變得正式起來，實在是一個錯誤的印象，看下面例子：

　　4.　我們想通過互聯網進行創業。（百度空間，2009年10月27日）
　　5.　這些信息能及時、準確、快捷地通過互聯網進行刊載，牽動群眾的心。（南風窗雜誌社網頁，2009年10月24日）
　　6.　在重大的利空消息出現時，不乏莊家進行吸納的好機會。（財富網，2010年1月26日）

例句4-6刪去「進行」後，不但沒有影響句意，且簡潔多了，而加上「進行」後亦不見得鄭重其事。至於第二點，動詞虛化是一個很複雜的歷史過程，「進行」現在仍不具助動詞的大部分特點，況且中文的助動詞和英文的auxiliary verb亦只是兩種形似神不似的詞類。

「進行」除了能與其他動詞組合外，「對（賓語）進行（動詞）」這種通過介賓詞組把賓語提前的句式，近年在內地不論口語或書面語都常常出現，例如：

7. 家長應對孩子進行鼓勵及幫助。（育兒網，2009年5月21日）

8. 學校對軍艦周圍的景觀進行了整體設計，並對軍艦進行內外部粉刷裝修。（江蘇教育新聞網，2009年6月1日）

9. 少數人對股市進行操縱，已成為中國股市的一顆毒瘤。（中國金融網，2008年11月25日）

10. 中國古代君主和知識分子對商人抱有很大的成見，甚至對商人進行打擊。（華夏文化傳播網，2009年4月24日）

語言類型學上，一般認為現代漢語的基本語序是「主謂賓」式，動詞置於賓語之前。「對……進行……」句式將賓語提前使句子變成了「主賓謂」式，這種句式的使用近年有上升的趨勢，甚至有濫用之嫌。以上例句7-10如改回「動賓」結構，可能更通順簡潔，更符合漢語的習慣：

11. 家長應鼓勵及幫助孩子。

12. 學校從整體上設計了軍艦周圍的景觀，並粉刷裝修軍艦的內外部。

13. 少數人操縱股市，已成為中國股市的一顆毒瘤。

14. 中國古代君主和知識分子對商人抱有很大的成見，甚至打擊商人活動。

所謂「進行曲」中的「進行」，原來是向前行走的意思。

知識加油站

　　綜觀近年漢語語法的研究，現代漢語的結構一直是討論焦點所在。實際上，「主謂賓」和「主賓謂」兩種語序在現代漢語中都存在，但在語體中的分佈卻有所不同。有的學者認為，受到周邊「主賓謂」型語言，如：蒙古語、滿語和朝鮮語的影響，漢語語序正發生從「主謂賓」到「主賓謂」的變化，而其中介詞詞組的詞序變化正是整個語序變化的一部分。

前後不照應，文意變模糊
—— 語義不清的病句

　　語義連貫的語篇，既有顯性銜接又有隱性銜接，顯性銜接像一個「有形網絡」，體現在語篇的表層結構上。語法上的照應（reference）是語篇銜接的主要手段，句與句之間若欠缺語法上或詞彙上的照應，文意就可能模糊不清。例如：「澳門司警拘捕兩名內地男人，懷疑在賭場使用假人民幣。」（無線電視翡翠台新聞報導，2007年5月22日）首句主語是司警，順延下去，次句主語仍然是司警，意指警方懷疑那兩名被捕的內地男人，在賭場內使用假幣，因此「懷疑」後宜加上「他們」回指上句的「內地男人」。

照應有黏合語篇結構的作用

　　照應指一個詞語的解釋不能從詞語本身獲得，而必須從該詞語所指的物件中尋求答案（Halliday & Hasan）。語篇分析學認為，照應在語篇中發揮着重要作用，譬如：運用簡短的指代形式，來表達上下文中已經或即將提到的內容，從而使語篇具有言簡意賅的效果，成為前後銜接的整體，強化語篇結構的「黏着性」。

　　幾個少女從船上走下來，正是淑英、淑華、淑貞三姊妹和丫頭鳴鳳，她們手裡都提着燈籠。（巴金《家》）

上例中，要對「她們」作語義解釋，就得在上下文中尋找和它構成照應關係的詞。中文的人稱代詞可分為三類：「我」、「我們」屬第一人稱；「你」、「你們」屬第二人稱；「他」、「她」、「它」、「他們」、「她們」和「它們」是第三人稱。上例就使用了「她們」這個第三人稱來回指「淑英、淑華、淑貞三姊妹和丫頭鳴鳳」。

　　以下兩句是反例，句中並沒有通過照應的回指功能來實現句際間的關聯，括號內的人稱代詞原來都是沒有的：

　　1.　長沙灣發生小型客貨車撞傷途人的意外，一架客貨車懷疑切線時撞傷一個女人，（她）頭部和手部受傷，（被）送往醫院治理。（亞洲電視本港台新聞，2007年5月5日）

　　2.　該名曾有冒警前科的怪漢，身穿鑲有「三粒花」的總督察制服，在機動部隊「PTU」結業典禮內招搖過市「巡遊」，穿插於各名真警員之間，（警員）一時難辨真假，（怪漢）不斷享受下級的敬禮。（香港討論區，2007年5月27日）

例句1 客貨車是施事，女人是賓語受事，第三句「頭部和手部受傷，送往醫院治理」語意上指的明顯是「女人」，因此宜加上「她」作為回指，因為前一分句的賓語不能當作後一分句的主語。例句2 問題較為明顯，首句一開始的話題是「怪漢」；接着的三句，動作的發出者仍然是「怪漢」，並沒有變動；然而之後

「一時難辨真假」指的卻是「警員」，因此必須補上「警員」表示焦點已改；最後一句「享受下級的敬禮」又回到「怪漢」，話題的焦點再次轉移，須補上「怪漢」，語意才明晰起來。

　　為了達到表達上某種效果，「你」、「我」也具變通用法，在話語中用來作人稱變換、單複數變換，或是用來泛指等等。例如：

　　1.　我每一次看見她，都有點害怕。她那雙眼睛就跟蛇的眼睛一樣，兇煞煞的、冰冷冷的死盯着你，你就不住要打寒噤。（郭沫若《屈原》）

　　2.　我們那口子是個窮教書的，沒有那份閒錢。（馬敬福《鑽石戒指》）

　　3.　學生們你望望我，我看看你，都不作聲。（寓言《假秀才招打》）

上述第一句中，第二人稱「你」指發話人，相當於第一人稱「我」。發話人將受話人置於自己的境地，使自己的說法更易於被受話人所接受。第二句表示複數的「我們」只指發話人一人，相當於表示單數的「我」。第三句中的「你」、「我」泛指「大家」，在表達上顯出幾分生動。

語篇分析的入門讀物之一

知識加油站

　　除了人稱代詞之外，其他人稱指示語還有指人的名詞，如：親屬稱謂詞、人名、職務名詞等等。例如：媽媽對生病的兒子說：「媽來看看你」、台灣總統馬英九答應支持者「英九會繼續努力」等，「媽」是親屬稱謂詞，「英九」是人名，這裡都是指的說話人，相當於第一人稱「我」。

這個嘛
—— 中文的指示詞

以下這一個句子出現了「港式中文」的特點:「這大廈是由名建築師Norman Foster設計的」(「大公網優秀住宅系列」2009年9月3日)。問題到底出現在哪裡呢?仔細檢查,在「這大廈」這個短語中,指示詞(demonstrative)「這」和名詞「大廈」之間缺了量詞。量詞是表示人、事物或動作單位的詞,中文裡的量詞非常豐富而且被廣泛使用,英文裡不必用量詞的地方,中文也要用量詞表達,英文可以說this building,中文卻不習慣說「這大廈」,名詞「大廈」需和量詞「座」或「幢」搭配,構成短語「這座大廈」和「一幢大廈」。

「這」算甚麼

據觀察,在指示詞「這」後面,直接帶上各種名詞,這種現象是香港中文普遍常見的:

1. 這男士經搶救後,延至數天後不治。(香港《文匯報》,2009年1月10日)

2. 副主席劉慧卿昨表示,黨內對這議案有不同意見。(香

港「明報通識網」，2009年12月7日）

　　3.　欽族學生組織開辦這學校是因我們的小孩未能在公立學校上學。（「聯合國難民署香港網站」新聞，2010年1月7日）

按中文語法的習慣，上述三個例子的指示詞後應分別加上量詞，組成名詞性短語「這名男士」、「這個議案」和「這所學校」。如果數目是一或以上，量詞之前要加上數詞表示正確的數目，如：「這三名男士」、「這兩所學校」等等。指示詞除了「這」之外，書面語中還可以使用文言色彩比較濃的「該」、「此」、「是」、「今」，這四個指示詞後面可以直接帶單數名詞，與「這」相反，中間不用加上數量詞：

　　1.　瑞銀分析師稱甲骨文收購Sun後有可能裁減該公司半數員工。（新浪，2010年1月16日）

　　2.　印度統計稱過去13年，該國約20萬農民自殺。（中新網，2010年1月6日）

　　3.　為了應付災難性及嚴重的事故，消防處成立了一支特別救援隊，大型搶救車是此隊的主力車輛。（香港緊急服務網，2010年11月9日）

　　4.　是晚的派對假酒店的泳池邊舉行，並飾有黃色衛蘭花，場地佈置相當清雅。（頭條網，2008年6月23日）

　　5.　華府最快於今周啟動金融業「壓力測試」，以判定哪些銀行需要再獲注資或援助。（香港《明報》財經版，2009年2月23日）

不過，在所謂的「港式中文」裡，「該」、「此」和「是」的指稱用法明顯進一步擴大，不限於直接帶上名詞，中間可加插量詞，其中「該」後面的名詞更不再限於單數名詞，且能帶上長長的定語：

1. 法官指是宗案件是誤殺中最嚴重的一種，但考慮被告早前已承認誤殺罪，才判兩人入獄12年。（香港《蘋果日報》，2008年11月7日）

2. 轉眼過了四十四年，垂垂老矣的買方近日忽然想完成此宗「長命」交易。（香港《東方日報》，2009年4月19日）

3. 該四名持有類似手槍物體的劫匪隨即將貨車上兩名男子拖出車外，將兩人矇眼後再推上一部私家車，而劫匪則駕駛該部貨車離開。（《政府新聞公報》，2004年6月29日）

4. 警方突擊搜查該位於旺角、油麻地及尖沙咀的3間公司，拘捕23名涉嫌與層壓式推銷詐騙有關人士，牽涉金額超過3,000萬元。（香港「政府新聞網」，2005年2月2日）

指示詞的作用是回指語篇中已提到的人物或事物，中文的指示詞有不同的來源和用法，使用時要小心區分，不能隨意互換，例如：「該人」、「此人」是對的，但沒有「是人」的用法，「今人」則是另外一個意思，「這人」最好還是加插量詞改成「這個人」。

「是」原是可直接帶單數名詞的指示詞

知識加油站

　　香港的中文有不少詞語和內地中文寫法完全相同，但所表達的意義相差很遠，內地人看了往往感到莫名其妙，不知如何理解。石定栩教授在《港式中文兩面睇》（2006）一書中以深入淺出的手法，輔以大量現實生活中常見的例子，剖析這類港式中文的用法。

文字編

　　根據漢字形體偏旁分類，您可認為「問」、「聞」及「悶」都同屬一個部首嗎？在香港不少茶餐廳的菜單上，我們不難發現「歺旦」二字，請問其寫法是否正確？

　　若以為「三国志英雄传」是簡體漢字便錯了，因為其中至少有兩個字是非我族類者，您認得出嗎？

　　文字，是語言的書面記錄，文字的發明是文明產生的重要標記。中國文字的發展，大致可以分為甲骨文、金文、篆書、隸書、楷書等幾個階段。秦始皇統一天下之後，推行「書同文」政策，以秦篆統一中國文字。到了漢代，隨着社會的發展，單用小篆記錄事務已深感不便，故迫切需要一種更為簡化的文字，致使隸書這種新字體應運而生。隸書是今文字的開端，是漢字演變的一個重要階段，它標示了漢字由象形走向筆畫，使漢字結構產生根本的變化。由篆書到隸書的變化，學術界稱為「隸變」（參見本書〈隸變──古今文字的分水嶺〉一文，頁125-128）。

　　告別了古文字以後，到了東漢，當時的儒生很多都不會閱讀以古文字撰寫的經書，而且因為不懂，往往曲解字義，對經書作牽強附會的解釋。有見及此，著名的經學家、文字學家許慎便編寫了《說文解字》，作為解經的依據。這是中國第一部有系統地分析漢字字形和考究字源的工具書，《說文解字》其中兩個突出的貢獻，就是建立了540個部首和發展了「六書」理論，明確地為六書下定義（參見本書〈「問」、「聞」、「悶」的部首都相同嗎？──漢字的構字特點〉和〈漢字的結構──六書法則〉，頁129-134）。這在漢字發展史和研究史上有着承先啟後，繼往開來的重要意義。

　　隸書經過二百多年的發展，到了漢末魏初，又出現了「楷書」。從魏晉時期起，這種字體一直沿用至今。此後，漢字只有不

同風格的書體和美術字，再也沒有創造出取代楷書的新字體。直至上世紀五六十年代，內地頒佈漢字簡化方案，由中國文字改革委員會整理和制訂簡化字。簡化漢字的原則其中有「同音通假」一條，即以一個「簡化字」代表多個於普通話同音但意義不相關的「繁體字」，造成了今天「一簡對多繁」的問題，被認為削弱了漢字的傳意性，如以皇「后」的「后」兼代後面的「後」（參見本書〈見「麵」吃「面」———簡對多繁的問題〉一文，頁135-138）。

　　1977年，中國文字改革委員會擬出《第二次漢字簡化方案（草案）》，雖然很快就被叫停，但實際上在民間卻廢而不止，造成文字使用上的混亂，這就是「歺旦」的來源（參見本書〈仃彐个旦———已廢除的「二簡字」〉一文，頁139-141）。除了中國外，上一世紀漢字圈另一國家——日本，也曾進行過文字改革整理漢字。現在香港的街頭或商品的封面，常常看到「三国（國）」、「伝（傳）說」等字樣，都屬日本漢字（參見本書〈「傳」、「传」、「伝」——三地漢字三處例〉一文，頁142-145）。

　　在數千年的發展中，中國文字經歷了複雜的演化過程，總的來說，其趨勢是更方便於書寫。但在這個過程中，不免導致大量異體字的出現，例如：「羣—群」和「溫—温」，造成一字多形的現象（參見本書〈「煮」與「煑」——義同形異的雙生兒〉一文，頁146-149）。意義相同，寫法不同，算不得是錯字，不過，如果將「荔枝」寫成「茘枝」，將「高瞻遠矚」寫成「高瞻遠足」，將「志蓮淨苑」寫成「志蓮靜院」，就大概可以放入錯別字練習中當作例子了（參見本書〈一個錯字，兩個車站——「刀」、「力」相混〉、〈謬以千里的「遠足」——約定俗成莫混淆〉及〈「點止靜院咁簡單」——此「苑」非彼「院」〉，頁150-158）。

隸變
── 古今文字的分水嶺

　　同學們都知道，「河」的部首是「水」，而「氵」是「水」的變體，卻不知道原來「泰」字的下面，「益」字的上面也是「水」的變體；還有「魚」和「燕」下面的「灬」，有的同學以為都是「火」的變體，其實在篆書中它們各有不同的來源。

漢字形體大變化

　　中國文字演變史上，由篆書到隸書，漢字的形體曾經發生了一次極大的變化。隸書的出現，標誌着漢字從古文字階段走向今文字階段，文字學家稱之為「隸變」。隸變是漢字結構體制的根本變化，在漢字發展史中具有重要的意義，今天我們所用的楷書就是從隸書變化而來。下面是漢字演變簡單的說明：

古文字	今文字
甲骨（商）→ 金文（周）→ 篆書（秦）	→ 隸書（漢）→ 楷書（魏晉）

　　　　　　　　　　　　　　　　　　　虎　　　　虎

　　秦代「書同文」統一了字體，以篆書為標準字體。篆書書寫時費時費力，人們迫於繁忙的公務文書而應急變通，形成隸書的寫法，它的特點如下：

　　1. 筆畫舒展平直，由此確立了漢字「橫、豎、撇、點、捺」的基本筆畫系統；

　　2. 字形由長圓變為扁方；

　　3. 打破篆書形體結構體系，根據書寫方式和結體部位確定構字成份的具體寫法，出現了「隸變」。所謂「隸變」，主要指漢字由篆書變為隸書後，字的形體所發生的「隸分」和「隸合」的變化，以及部首的合併與變形。

　　具體來說，「隸分」是指篆書中同一個偏旁部首，在隸書中分化為不同的形體。例如：「河」、「益」、「泰」（下圖上排左起三字）篆書中都含有「水」。「奉」、「承」、「舉」（下圖下排左起三字）都有「手」，在篆書中是同樣的形體，在隸書中形體卻不相同，直到楷書，仍保持隸書的基本形體。

　　「隸合」是指篆書中不同的偏旁部首，在隸書中因位置的緣故而同化為相同的形體。例如：「春」、「秦」、「奉」、「奏」、「泰」（下頁圖上排左起五字）五個字相同的部件，分別有不同的來源。「魚」、「燕」、「鳥」、「馬」、「熱」（下頁圖下排左起五字）等字下面相同的四點，在篆書中也各有不同的來源。

此外，許多在篆書中原本相同的偏旁，隸變後由於所處的部位不同，從而寫成不同的形狀，即所謂部首的合併與變形。現今的楷書，同樣有許多部首偏旁與部首獨立成字的寫法不一樣。如：邑—阝，阝—阜，網—糸，水—氵，心—忄，火—灬，手—扌，犬—犭等等，都是由篆變隸造成的。

隸書是漢字演變的一個重要階段，隸書之前的古漢字具有圖形意味，而隸書則由筆畫組成，是真正的書寫階段。它標示了漢字由線條走向筆畫化，象形精神趨淡，使漢字進一步變成純粹符號性質的文字，同時也是漢字由繁趨簡的演變現象。隸變之前是古文字時代，隸變之後是今文字時代，隸變是古今漢字的分水嶺。

「東武侯王基碑」的隸書（局部）

知識加油站

　　現今的楷書是由隸書演變而來的,「點、橫、豎、撇、捺」等筆畫得到進一步的發展。楷書字形改成正方形,成為現在漢字書寫的標準字體。楷書出現後,漢字成為方塊字就定型了,完全是由筆畫組成的方塊形符號。此後,漢字只有不同風格的書體和美術字,再也沒有創造出取代楷書的新字體。

「問」、「聞」、「悶」的部首都相同嗎？
—— 漢字的構字特點

　　某電視台關於中文知識的節目，主持人出題考嘉賓，看看他們在指定時間內能寫多少個以「門」為部首的中文字。時間到了，幾位嘉賓取得的成績倒不錯，但卻不慎把「問」、「聞」和「悶」幾個字也當作門部。「問」以口發問，「聞」以耳傾聽，「悶」是一種心理狀態和身體反應，故此它們分別屬於口部、耳部、心部。小學時，我們已經學會用部首來查檢中文字，所謂「部」就是共有相同偏旁的一組字，「部首」即一部之首，例如：「人」、「女」、「水」、「犬」都是部首。

部首解字

　　東漢許慎的《說文解字》以意義分類，首創 540 個部首，是中國第一部採用部首作為分類的古籍。明代《字彙》和清代《康熙字典》以此為基礎整合楷書的字體為 214 個部首，通行至現在（見港台等使用繁體字的地區）。結構上，中國字可分為獨體（文）和合體（字）兩大類。獨體字包括象形字和指事字，合體

字由兩個或以上的獨體字（或偏旁）構成，包括會意字和形聲字。而部首一般是獨體字（如：心）或由獨體字演變而來的偏旁（如：忄），它是漢字的基本構字部件。以下是一些常見但人們不一定瞭解其意義的部首：

分類	部首		意義	例字
與人有關	人	𠆤	偏旁為「亻」，像側視的人形。	仰、俯
	儿	𠑹	像小孩子的形狀。	兒、兄
	大	𡗓	像成人張開腳站立。	夫、夸
	女	𡚸	像女子屈膝而坐的側面。	妓、好
	子	𡥀	像襁褓中的嬰幼兒。	孩、孫
與人軀有關	肉	𠕎	偏旁為「月」，像大肉塊。	肺、胃
	骨	�骨	像去肉的骨形。	體、骼
與人手有關	手 扌	�手	「手」是象形字，偏旁為「扌」，古字像手腕下手的形狀，表示手掌、手指。	拿、打
	又	𢎚	像人舉起右手的形狀。	取、馭
	支 攵	𢽾	「攴」是象形字，偏旁為「攵」，像人手執武器或棍子，表示攻擊、敲打。	敲、攻
	寸	𡬠	指手掌上方一寸位置。	守、奪
	殳	�殳	像一種尖頭無刃的長柄兵器。	毆、役
與走路有關	辵	𢌳	像人長行慢走，是「彳」的變體。	廻、延
	彳	𢓜	像人小步行走的形狀。	徘、徊
	走	𧺆	上半部是人行走的形狀，下半部是一個腳印，表示行走。	起、趕
	辵	𢍜	走走停停的意思。由「彳、止」組合，「彳」表示行走，「止」表示停止。	遊、過
與地理有關	阜	𨸏	偏旁為「阝」，固定在左。多與地形地勢相關。	陸、險
	邑	𨙨	偏旁為「阝」，固定在右。多為國名或行政區域。	鄭、郡
與房屋有關	宀	𠆩	像有牆有屋頂的房子。	家、室
	广	𠂆	像靠着山崖所搭建的房子。	廈、廄

　　同一組字雖然部首所在的位置不一定相同，例如：「鳳」
和「鸚」都是「鳥」部，「鳳」字「鳥」在內，「鸚」字「鳥」
在右面，但凡同一部首的一組文字，原則上它們都具共通意義，
「鳳」和「鸚」都與「鳥」有關，按許氏的說法就是「凡鳥之屬
皆從鳥」。由於部首往往位於合體字中，作為會意字的偏旁和形
聲字的形旁，以掌握部首的意義來正確分析上述兩類字的結構和
字義，可是解字的一個小竅門。

《部首手冊》書影

知識加油站

　　2009年中國教育部頒佈了《漢字部首表》，5月1日起
實行，取代自1983年起一直沿用的《漢字統一部首表（草
案）》。新的部首表以《簡化字總表》為綱，主要調整的地方有
三個：一是確立主部首（具代表性的書寫形式）201個和附形部
首（繁體、變形、從屬）99個；二是部首的排序；三是部首表的
使用規則，即以主部首為主，但亦可酌情變通處理。

漢字的結構
—— 六書法則

　　表示很累，粵語說「好攰（gui6）」，「攰」於《集韻‧廢韻》中解釋為：「攰，小溺也。一曰倦也。」意指疲倦欲睡，現有人寫作「癐」，也有人寫作「攰」。翻查字典，「癐」原是病重、心悸的意思；「攰」則解精疲力盡，最早見於《三國志‧魏志‧蔣濟傳》：「弊攰之民，儻有水旱，百萬之眾，不為國用。」從字形的構造看，「癐」是形聲字，部首「疒」表示該字和疾病有關，「會」表示字的發音，「癐」原來沒有「疲倦」的意思，現在粵語用來表示「累」是一種假借用法。「攰」用會意方法造字，「支」和「力」表示付出和透支力量，因而身體感到疲憊。現代會意字其他例子諸如：「少力」為「劣」，「不正」為「歪」，「不用」為「甭」，簡化字中的「尘（塵）」、「泪（淚）」、「众（眾）」也屬會意字。會意字中，最有趣莫如粵方言字「嫐」，兩男一女糾纏不斷，易招煩惱；舊時也寫作「嬲」，兩女一男，意同，兩字皆屬女部。

造字用字有法則

　　形聲和會意都是漢字的造字法。傳說漢字是黃帝時代的史

官倉頡所創造的，不過實際上，漢字是先民共同創造然後再不斷的發展而成。漢字源於圖畫，先民往往用圖畫記錄當時社會的事物，後來這些圖畫的線條變得簡單，只留下一些特徵，形式也逐漸固定，每個符號都有相應的發音和意義，於是這些圖畫就不再是單純的圖畫，而是文字的雛型。東漢時代，著名文字學家許慎在《說文解字‧敘》中總結了前人研究漢字結構規律的成果，提出「六書」的理論，即象形、指事、會意、形聲、轉注、假借六種造字的法則。其中象形和指事都是字形不能加以分析的「獨體」，後世稱之為「文」；會意和形聲都是字形可以分析的「合體」，後世稱之為「字」。象形、指事、會意、形聲都是造字的基本法則；轉注、假借則是用字的法則。六書定義和例字見下表：

	六書		定義	例字
造字之法	文	象形	按照物體外形描摹出字形	☉ 日：像太陽形狀 ☽ 月：像一彎新月
		指事	用符號表示抽象的事物	木 本：木的根部加一點，表示根本 木 末：木的梢部加一點，表示末端
	字	會意	把兩個或以上的象形字組合在一起表示新的意思	休：人依靠樹木歇息的形象 步：腳趾朝上一前一後走路的形象
		形聲	由形旁和聲旁組成，形旁表示意義類別，聲旁表示讀音	銅：「金」表示種類，「同」為讀音 鰻：「魚」表示種類，「曼」為讀音
用字之法	轉注		歸於同一部類的字，字義可以互為訓釋	考、老：同屬「老」部而又可以互訓（「考，老也。」、「老，考也。」）
	假借		語言中有音無字的新詞，借用同音字來記錄	汝：本來是水名，讀音與第二人稱相同，假借為「汝（你）」 自：本義是「鼻」，讀音與「自己」之「自」相同，假借為「自己」

　　許慎總結了六書理論，顯明了漢字的結構規律。不過《說文》也不無局限之處，例如：他把轉注和假借也當成了造字之法；另外，六書只是後來的總結而不是造字的原則，六書並不能涵蓋所有字，因此一些字自然無法歸納。《說文》也沒有逐一注明每一個字的造字法。許氏並沒有清楚說明這一點，而後世漸漸將六書理論奉為神聖的造字法則，留下了曲解文字的餘地。

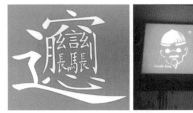

不能以「六書理論」歸納的字例（圖中的僻字，普通話唸biàng，像「比昂」的合音）

知識加油站

　　六書理論中，象形、假借、形聲最為重要。象形是先民造字的基礎；假借擴大了漢字的使用範圍；形聲則數量最多，給讀者提供的信息量大，可供選擇的構字部件多，組合起來比較方便，所以成為漢字主要的造字方法。在《說文解字》9,353 個漢字中，形聲字就佔 7,679 個，達八成以上。

見「麵」吃「面」
—— 一簡對多繁的問題

現在的電腦很聰明，Word 具自動校正打錯字的功能，例如：輸入 hte 時電腦懂得自動校正成 the。除了校正英文字，我們當然也可以利用此功能來校正中文，自動校正文詞以減少打錯字的可能性，省下很多麻煩。不過，在簡轉繁碰到「一簡對多繁」的字時，自動校正功能往往一律把它們轉成同一個繁體字，像簡體字「后來」的「后」，轉成繁體字就是「後」，但是自動校正功能卻把「皇后」的「后」也一併改成了「皇後」，於是「余」光中變成「餘」光中，「岳」飛變成「嶽」飛，下「面」變成下「麵」，「干」擾變成「幹」擾，小「丑」變成小「醜」，七「里」香變成七「裡」香，對使用者造成了困擾。

簡化漢字的十種依據

「一簡對多繁」的問題源於內地漢字簡化方案，上世紀五六十年代，文字改革委員會在整理和制訂簡化字的過程中，採用了以下的方法：

1. **保留原字輪廓** 如：龟（龜）、齿（齒）等。

2. **保留原字部分特徵**　如：声（聲）、医（醫）等。

3. **草書楷化**　如：专（專）、东（東）等。

4. **採用古字**　如：云（雲）、礼（禮）、无（無）、尘（塵）等。

5. **採用俗字**　如：猫（貓）、猪（豬）等。

6. **新造會意字**　如：三人為众（眾）、人之本為体（體）等。

7. **形聲字改用筆畫較少的聲旁，以普通話發音為準**　如：拥（擁）、胶（膠）等。

8. **形聲字另造新的形旁和聲旁，以普通話發音為準**　如：惊（驚）、护（護）等。

9. **同音通假，以普通話發音為準**　如：「里」代「裡」、「丑」代「醜」等。

10. **用簡單符號取代複雜偏旁**　如：鸡（雞）、欢（歡）、难（難）之左偏旁改為「又」。

　　上面十項簡化漢字的方法之中，部分依據傳統的「六書理論」進行簡化，部分直接採用筆畫較少的古字、俗字或草書字形，然而簡化字困擾人之最甚者，莫如同音通假，以一個「簡化字」代表多個於普通話同音但意義不相關的「繁體字」，而這個「簡化字」本身卻又是「繁體字」的一員，如：以「干」涉的「干」代表「乾淨」、「幹部」的「乾」和「幹」。《簡化字總表》（1986年頒佈）內約有110多個這樣的同音或近音代替的通假字，從而產生了不少問題，削弱了漢字的科學性與邏輯性。下面是其他同音替代的例子：

后：（後）面、皇（后）	复：（複）雜、（復）活	面：（麵）條、當（面）
历：（歷）史、日（曆）	丑：（醜）怪、小（丑）	松：（鬆）散、（松）樹
钟：時（鐘）、姓（鍾）	范：模（範）、姓（范）	咸：（鹹）菜、（咸）豐
制：（制）度、（製）造	准：（準）備、（准）許	卜：占（卜）、蘿（蔔）
板：老（闆）、木（板）	里：這（裡）、鄰（里）	須：必（須）、鬍（鬚）
谷：五（穀）、山（谷）	发：（發）達、頭（髮）	斗：煙（斗）、（鬥）志

　　觀察上面的字例，我們體會到文字過於簡化未必一定是好事。漢字簡化方法中的「同音替代」，把意義風馬牛完全不相及的同音文字，硬扯在一起加以合併，結果失卻了文字要表達明確，以及防止產生混淆的原意，也造成了許多不應有的混亂。

「遊」：辵部，漫步、閒狂；「游」：水部，在水裡浮潛。簡化字以「游」代「遊」。

知識加油站

　　語言文字是溝通交流的紐帶，古人創造文字是一個由少到多，由簡單到複雜的積累過程。人類社會文化不斷的進步，思想越來越複雜，文字也越來越細緻。「分」分化出「份」；「布」分化出「佈」；「采」分化出「採」等文字分工的例子，都是社會資訊交流發展，文字精細化的結果。

仃ヨ仐旦*
── 已廢除的「二簡字」

　　走進茶餐廳，看到餐牌上「餐肉雞蛋飯」寫成了「歺肉雞旦飯」，同行的友人還以為「歺旦」就是「餐蛋」的簡化字！其實「歺」和「旦」都是「二簡字」，所謂「二簡」就是《第二次漢字簡化方案〈草案〉》（以下稱「二簡方案」）的簡稱。

牽強附會惹混亂

　　二簡方案是由文字改革委員會在 1977 年底提出來的，該方案分為兩個表：第一表收錄了 248 個簡化字，推出後直接在圖書、報刊上先行試用，並在試用中徵求意見；第二表收錄了605個簡化字，推出後僅供討論而沒有直接實行。下面是當年推出的一些「二簡字」，括號內是現在內地正式的規範字：

氿（酒）	沃（灌）	肖（蕭）	闫（阎）	北（冀）
阝（部）	旦（蛋）	歺（餐）	仃（停）	ヨ（雪）

---

*「仃ヨ仐旦」係「停雪食蛋」四個根據《第二次漢字簡化方案〈草案〉》演變而成的簡化漢字。

式（貳）	炱（点）	丆（街）	杢（墓）	凷（留）
仛（信）	芄（韮）	杤（檀）	仐（食）	辺（道）
觪（解）	仦（矮）	笇（祢）	刈（割）	厶（私）
夬（缺）	仝（童）	付（傳）	沮（渠）	殳（沒）

從上面的例子可見，二簡方案中的簡化字的確提高了寫字速度，但由於過於簡化，令不同漢字的字形顯得頗為相近，增加了辨別的難度。再者，很多字僅在一個地區或一個行業內流行，試用步驟又過於急促，沒有經過廣泛討論，因而遭到了很多人的批評，質疑不少字簡化得不合理。「二簡字」試用不到一年就被叫停，直至 1986 年國務院正式廢除為止。

　　「二簡字」雖試行了一段時間就被廢止，但實際上在民間卻廢而不止，加上「二簡字」推行時曾在一些地方成為教學用字，因此給當時的學生留下了很深刻的印象。由於在社會上曾經使用了一段時間，而且簡單易寫，某些已廢止的「二簡字」直至今天仍在坊間流行。例如：在餐廳菜單中，「餐」有時會寫作「歺」，其他如：「旦（蛋）」、「闫（閻）」、「凷（留）」、「仃（停）」、「仛（信）」等「二簡字」也經常出現，令不熟悉簡化字的香港人誤以為它們就是內地的簡化字！至於這些「二簡字」何時及如何傳來香港，就無從考究了。

　　此外，經過「二簡字」將一些姓氏作「洗禮」後，「蕭（蕭）」變成「肖」，「閻（閻）」變成「闫」，「傅」變成「付」，「藍（藍）」變成「兰」，後者都是港澳台沒有的姓氏。雖然二簡字很快被叫停，但是這次更改對社會影響很大。此後，內地許多人的姓氏並沒有回復過去，於是就出現了「蕭—

肖」、「閣—闫」、「傅—付」、「蓝—兰」並存的情形，甚至出現了一些混亂的情況，例如：百度 Chopin 條，同一個人物先後出現「蕭邦」和「肖邦」兩個譯名，造成閱讀上的不便，文字工作者實在不可不察。

坊間不少食肆把「蛋」寫作「旦」

知識加油站

　　文字是表情達意的符號，若簡化過程太過草率，簡化後的字無法完整表達意思，造成歧義，倒不如回復原來不同寫法的兩個字。例如：二簡字把「傅」簡化成「付」，結果鬧出了笑話，「付經理」到底是指姓「傅」的「經理」還是指「（交）付（給）經理」呢？恐怕得靠語境去判斷。

「傳」、「传」、「伝」
── 三地漢字三處例

　　香港的街頭或商品的封面，常常看到「元気（氣）」、「伝（傳）說」、「三国（國）」等字樣，有的人誤以為這是中國簡化漢字，其實它們是日本經過整理的漢字才對，正確的中國簡化漢字寫法分別是「气」、「传」、「国」。20世紀，日本曾經進行過文字改革，整理漢字。1946 年日本內閣公佈了《當用漢字表》，收字 1,850 個，其中 131 個是簡體字（日本稱為「略字」），正式確立了日本簡體漢字的地位。

日本簡化漢字七招

　　明治維新之後，日本人為了富國強兵，努力學習西方文化。許多學者研究了西方的文字後，認為日本漢字有很多缺點，不利於全民學習，文字改革的呼聲高唱入雲。當時有不少激進的主張，有人主張廢除漢字而效法西方用羅馬拼音（如：今天的越南），有人主張廢除漢字而完全用假名來代替（如：今天的韓國全用諺文）。不過，漢字在日本已有千多年的歷史，重要典籍和文物都是用漢字記錄的，廢棄漢字等於切斷歷史，與傳統文化隔絕；再者，日文的同音字往往寫成不同的漢字，用羅馬字拼寫出

來容易造成混淆。經過多年的討論，最終日本政府決定從限制漢字和減省筆畫兩方面來整理漢字。

　　1946年，日本政府公佈了《當用漢字表》，字數為 1,850 個，其中 131 個為簡體字。1949 年發表了《當用漢字字體表》，對當用漢字的字形和異體字作出了整理。1981年，日本政府正式頒行了《常用漢字表》，明確規定在法令、公文、報紙、雜誌等一般社會生活所使用的漢字字數為 1,945 個，其中簡體字356個。後來加上《人名用漢字表》的簡體字11個，《表外漢字字體表》的簡體字22個，日本的簡體字共389個。日本簡化漢字，主要有以下七種方法：

　　1. **簡省偏旁**　將繁體字的部分結構或筆畫省去，如：県（縣）；

　　2. **更換偏旁**　特別是形聲字的聲符，如：沢（澤），改「罘」為「尺」以求簡便；

　　3. **採用古體**　將筆畫簡單的選作常用字，如：処（處）；

　　4. **採用俗字**　將民間流行已久的選作常用字，如：猫（貓）；

　　5. **草書楷化**　將草書的連綿筆畫改成楷書筆形，如：寿（壽）；

　　6. **保留輪廓**　將繁體字筆畫加以減省，保留原字特徵，如：鶏（鷄）；

　　7. **採用連筆**　分筆連筆皆可的，統一採用連筆組合，如：黒（黑）。

　　下頁是日本漢字和中國漢字繁簡體的對應表（「日」表示日本漢字，「簡」表示中國簡體漢字，「繁」表示中國繁體漢字）：

日	簡	繁	日	簡	繁	日	簡	繁	日	簡	繁
戲	戏	戲	賛	赞	贊	竜	龙	龍	観	观	觀
縄	绳	繩	歯	齿	齒	郷	乡	鄉	権	权	權
児	儿	兒	闘	斗	鬥	従	从	從	歴	历	歷
雑	杂	雜	鉄	铁	鐵	遅	迟	遲	暦	历	曆
聴	听	聽	歳	岁	歲	霊	灵	靈	亜	亚	亞
総	总	總	粛	肃	肅	豊	丰	豐	処	处	處
変	变	變	関	关	關	県	县	縣	薬	药	藥

　　日本政府改革文字，主要從限制漢字數量方面入手，簡化漢字的數量不多，而減省的幅度也不大，大部分漢字仍然是傳統的繁體字。當日的漢字廢止論在今天的日本已成明日黃花，而自1981年頒行了《常用漢字表》後，漢字改革的行動亦告終止。

「仏」（佛）是日本的「略字」

知識加油站

　　日本、中國內地和香港所採用的漢字，在字形上並非一致。有日本和中國的漢字在字形上相同，但香港所用的繁體字卻不一樣，例如（所有例字的排列順序均為：日本漢字—簡體漢字—繁體漢字）：搖—摇—搖、猫—猫—貓、辞—辞—辭、学—学—學等；日本和香港的繁體漢字在字形上相同，卻與中國內地的簡體漢字字形不同的，例如：車—车—車、魚—鱼—魚、紅—红—紅、鳥—鸟—鳥、馬—马—馬；中國內地與香港所用的漢字字形上相同，卻與日本漢字字形不同的，例如：乘—乘—乘、恵—惠—惠、仏—佛—佛、拝—拜—拜、氷—冰—冰、污—污—污、窓—窗—窗、舍—舍—舍、徳—德—德。

「煮」與「煑」
—— 義同形異的雙生兒

甚麼叫「異體字」（variant characters）呢？台灣男歌手陶喆剛出道時，很多人都不知道「喆」怎樣讀，紛紛讀成「陶吉吉」，後來這就成了他的暱稱，其實「喆」是「哲」的異體字。再多看一個例子，「煮」與「煑」同樣是異體字的關係，港燈網上新聞中心所發佈的一則新聞稿云：「港燈是『2009香港國際美食大賽』的主要贊助商，讓業界透過比賽親身親驗電能煑食的優點。」這裡用「煑」而不用「煮」。篆書中「煑」的下面原來從「火」，漢隸以來「火」字以「灬」作偏旁部首出現在字的底部，如：「煮」、「熱」、「焦」等，這樣就產生了「煑」與「煮」兩種寫法。

雖不相像卻相認

兩個不同字形，但讀音、意義相同，而且可以通用就是「異體字」。異體字的形體主要為以下類別：

1. 造字法不同

例如：泪，從水，從目，為六書中的會意字，眼旁有水代表「淚」；淚，從水，戾聲，前者表示類屬，後者提示發音，屬形

聲造字。再例：岩，從山，從石，為會意字；巖，從山，嚴聲，為形聲字。

2. 構字部件不同

變換形符構成的異體字，例如：睹，從目，者聲；覩，從見，者聲。

變換聲符構成的異體字，例如：綫，從糸，戔聲；線，從糸，泉聲。

形符和聲符都有所變換，例如：迹，從辵，亦聲；蹟，從足，責聲。

3. 構字部件位置不同

左右相反，如：夠 — 够；和 — 咊；飄 — 飃；

上下變成左右，如：群 — 羣；鵝 — 鵞；鞍 — 鞌。

異體字形成的時期、區域和原因不盡相同，應用時在不影響文意的情況之下，異體字都被視為相同的字。在內地，根據中國文字改革委員會 1955 年頒佈的《第一批異體字整理表》，下面括號內的是漢字早已被列為異體字而停止使用，有的人誤以為它們只是繁簡關係其實是不全對的：

暗（闇）	笑（咲）	夜（亱）	奔（犇）	遍（徧）
冰（氷）	艷（豔）	察（詧）	插（挿）	痴（癡）
姊（姉）	唇（脣）	雕（鵰）	鬥（鬪鬭）	睹（覩）
罰（罸）	濕（溼）	污（汙）	恒（恆）	脛（踁）
考（攷）	窺（闚）	效（効）	娘（孃）	軟（輭）

　　要注意的是，以下三種情況都不算是異體字。第一，本有其字的通假，即古代的書寫者由於種種原因沒使用本字，而找一個讀音相同或相近的字來代替它，例如：早晚的「早」寫成「蚤」；第二，本來是一個字，在歷史長河中由於意義有了變化，成了各有分工的兩個字，如：「采」、「採」，它們是古今字；第三，古代讀音和意義都不相同的兩個字，例如：「臘」本義指國君在年終用獵品祭祀祖先鬼神，即臘祭，因而年終的月份也叫做「臘月」，「腊」本義為小動物的肉乾。今天在中國內地兩者是繁簡的關係。

「袤」字的小篆體，見底部從「火」

「鵞」現在多寫做「鵝」

知識加油站

　　為了落實《國家通用語言文字法》的文字政策，完善中國內地的用字現狀，教育部國家語言文字工作委員會於2009年8月12日發佈了的《通用規範漢字表》（徵求意見稿），分三表共收錄了8,300個漢字。特別值得注意的是，表中納入了「剹」、「锺（鍾）」、「蘋（蘋）」、「噁（噁）」、「硃」、「濛」等六個繁體字，並恢復使用原於1955年廢除的51個異體字，如：「喆」、「淼」、「堃」、「昇」等，主要用於人名、地名。這個表正式頒佈後，將成為中國內地最新的漢字規範表。

一個錯字，兩個車站

——「刀」、「力」相混

　　港鐵荃灣線設有以下兩個車站：「荔景」和「荔枝角」，車站內所有有關站名的標示、車廂內的路線圖，或港鐵網頁內的資料，「荔」字草字頭下面都是「三把刀」；另一邊廂，政府管轄的荔枝角公園體育館、荔景郵政局、荔景邨、荔景山路等，「荔」下面卻是三個「力」。到底哪一個才是正確寫法呢？

一顆荔枝三把刀？

　　先說何謂「荔」，「荔」是一種草本植物，根長堅硬，花及種子可以入藥。「荔枝」是中國南方名果，果味甘甜，肉嫩多汁，有「果王」之稱。教育局課程發展處出版的《香港小學學習字詞表》（2007）和《中英對照香港學校中文學習基礎字詞》（2009）都標明「荔」字是小一至小三階段學習用字，下面是三個「力」，音「例」（lai6），簡化字與繁體字相同。翻查古書，東漢文字學家許慎撰寫的權威字書《說文解字》載「荔」字云：「艸也，似蒲而小，根可作刷。從艸劦聲」表示這是一個形聲字，「艸」代表和植物有關，「劦」提示讀音，「劦」清楚是三個「力」。年代再久遠一點，秦朝小篆的字形「荔」，「劦」

是楷體「力」字，「劦」就是三個「力」字。以上資料都沒有記載從三把「刀」的「茘」字。可見港鐵車站所標示的是一個沒有根據的錯字。

　　相反，另一個常用字「券」下面卻該從「刀」。有時候，同學的作文和街頭坊間的手寫體將字的底部寫成「力」就錯了。「刀」小篆作「𠚍」，呈有柄刀狀，「券」從「刀」其來有自，紙張還沒有發明以前，古人若想拿契據取憑證，往往用刀在竹上刻字畫紋，再一分為二，各取一片以為憑據，如同現今社會的單據，所以「券」字有「刀」的部件，「刀」是形符，小篆作「𦥑」，「刀」表示工具，因此不應該寫作「力」。順帶一提，發音上，「券」的粵音讀「勸（hyun3）」，聲母是喉擦音 h，現在很多人把「禮券」、「學券」中的「券」讀作「眷（gyun3）」音，聲母變成舌根塞音g，其實是讀錯了。

　　還有一點，在中國內地，「邊」的簡化字是「边」，從辵從力，是正式規範用字；而「辺」卻是日本漢字「邊」的「略字」（簡體字），從辵從刀，在日本有渡辺、山辺、河辺、江辺等姓氏。現在很多人混淆了「边」和「辺」，以為「邊」的簡化字就是「辺」，這是不正確的。總之，「刀」和「力」看似兩個很簡單的字，單用的時候一般不會相混，可是當與其他部件構成一個較為複雜的字時，就不可不留意！

港鐵「荔」景站，「荔」應是「茘」

知識加油站

　　小篆是古漢字的書寫形式，秦始皇統一中國後推行「書同文」政策，由宰相李斯負責簡化原來在秦國使用的大篆，取消其他六國的異體字，有系統地把字體規範化，所以小篆又稱為「秦篆」。小篆作為通用字體一直到西漢末年才逐漸被隸書所取代，但作為藝術字體，由於它筆畫勻整，到今天仍廣受書法家、雕刻家青睞。

謬以千里的「遠足」
—— 約定俗成莫混淆

　　我們常常形容有遠見的人「高瞻遠矚」，但近年越來越多學生把這個成語寫成「高瞻遠足」，心想現在的大學生語文水準每況愈下，誰知上網搜尋一下，才發現原來不少人都一知半解，寫錯這個成語。例如：香港駕駛學院便把 Vision for Tomorrow 譯做「高瞻遠足」，其他還有「樓宇維修及保養要高瞻遠足」（政府屋宇署刊物及新聞公報專欄文章），「在多方面均獲得檢討小組的讚揚及鼓勵，包括堪稱典範的學術質素保證機制、高瞻遠足的策略計劃……」（香港大學專業進修學院——學術質素保證）和「高瞻遠足、快人一步正是領袖應有的特質……」（港海青年商會第三屆青年領袖選舉頒獎典禮會長致辭）等等。

想當然的錯誤

　　「高瞻遠矚」由「高瞻」和「遠矚」兩個詞組合而成，屬於並列結構，形容人見識非凡，用於褒義。「高瞻」語出漢代王充《論衡·別通》，指從高處觀看的意思，後來引申見識廣闊。「遠矚」語出北魏張淵撰寫的《觀象賦》，指往遠處眺望，後引申形容眼光長遠。後人用「高瞻遠矚」形容見識廣博，眼光長

遠,看得更全面。試看以下兩個例句:

　　1. 國家領袖需要有高瞻遠矚的眼光和堅定不移的信念。

　　2. 當年不是他高瞻遠矚,洞察世情,今天就不能創一番大事
業。

　　可能因為人們較常見到「遠足」而少見「遠矚」,因此不
慎將這個成語寫成「高瞻遠足」。「遠足」是徒步健行,俗稱
「行山」,是一種戶外運動,英語是 hiking。遠足的同時,也有
人喜愛伴隨跑步、攀山或露營。香港的郊野公園內有多種不同的
遠足徑(hiking trail),由漁農自然護理署管理,供遊人遠足或
漫步,沿途欣賞青翠山巒、小溪流水,北潭涌、八仙嶺和城門水
塘等都是市民遠足的熱點。「高瞻遠足」勉強可以說成是步行上
山,從高處往外眺望的意思,但這樣不僅失去了原來典故的含
義,也不能用來形容一個人見識遠大了。

　　清末時期,陳獨秀曾提出「蒙學莫急於德育,而體育次之,
若智育,則成年以後未晚也。誠以德育為人道之本,無德則無以
立,智必不醇。」即後來所講「德智體」三育。這一番話今天看
來依然發人深省,我們的身心需要均衡發展,不但要有「高瞻遠
矚」的識見(智)和胸襟(德),也要多作運動,鍛鍊好體魄
(體)才能成就一番大事業,假日「遠足」便是其中一個運動的
好選擇。

高瞻遠矚

知識加油站

　　「矚」和「足」在構字方法上並不相同。「矚」是形聲字，由一形一聲兩個部件組合而成，左邊的「目」是部首，表示這個字的意思和眼目有關，右邊的「屬」是聲旁，表示字的發音。「足」是象形字，獨體，小篆寫作 ，像膝蓋及以下部分。象形的優點是圖畫化，看上去很容易明白，但由於世上很多事物都不能畫出來，所以象形能造出的字非常有限。

「點止靜院咁簡單」
── 此「苑」非彼「院」

　　某某中學中史科為加強學生對本地歷史和生態的瞭解，特意加入本地史實地考察活動，這本是很好的提議，但給中二年級的建議地點卻把位於鑽石山的「志蓮淨苑」誤寫成「志蓮靜院」，實在太大意了！另外，消費者委員會網站「遊樂──熱門景點」對志蓮淨苑的介紹是：「志蓮靜院是堂皇華麗的仿唐木構建築群……」，同樣把「淨苑」錯寫成「靜院」。後來在互聯網上一查，發現原來很多討論區、個人博客、公司通告都誤以為「志蓮靜院」是正確的寫法。

以其昏昏，使人昭昭

　　先說「淨」和「靜」的區別。「淨」解作潔淨、明淨、不玷污，大乘佛教支派淨土宗「強調對阿彌陀佛的信仰，透過念誦佛號，得以在死後往生極樂國土。該宗派認為，依賴個人的力量獲得徹底解脫十分困難；但若通過日常念佛修行，獲得佛力的接引、救援，可以藉着阿彌陀佛的慈悲願力往生西方極樂世界。」（維基百科中文版）淨土，即是沒有污染的樂土，是一個既清淨又莊嚴世界，相對於世俗。「靜」是動的反義詞，解作無聲、安

定、恬淡，並沒有不玷污的意味。佛教主張信眾六根清靜，冥思靜修，忘卻外物以悟得至終的真理。雖然佛教也追求恬靜、心靈合一的意境，但「淨」和「靜」終究不相同，「淨」強調無玷污的一面，「靜」則側重無聲恬靜的一面。

　　再比較「苑」和「院」。「苑」作名詞時，意為古代畜養禽獸或種植林木的地方，也指帝王的花園或打獵的地方，如：「鹿苑」、「苑囿」，或指文藝學術薈萃之處，「學苑」、「藝苑」。在香港，由政府承擔興建，供市民購買的居者有其屋一般以「某某苑」來命名，以別於只租不賣的「邨」。「院」，意為圍牆內房屋四周的空地，如：「庭院」、「後院」，或指一些學校、公共地方和政府機構，如：「書院」、「戲院」、「醫院」、「法院」等。比較兩字的字形構造，「苑」以艸（草字頭）為部首，突出「花園、草地」的一面；「院」以阜（左耳旁）為部首，即較強調「地形、地勢」的一面。

　　由是觀之，「靜院」指的是圍牆內四周靜寂的空地，而「淨苑」則是淨化心靈，供有心者參悟人生的地方。座落於鬧市的志蓮淨苑祥和質樸，與毗連的古式園林「南蓮園池」相互輝映，實在為都市人多添一分閒適，消減一分煩憂。

志蓮淨苑以仿唐木結構建築為特色

知識加油站

　　「淨」的部首究竟是「氵（水部）」還是「冫（冰部）」呢？「淨」原作「瀞」，許慎《說文解字》云：「無垢薉也。與淨通。」後中間的「青」給省略掉。「淨」小篆作，左邊部件是水的意思。《說文》將「淨」字歸入水部，「從水爭聲」，所以「淨」的部首應該是「氵」。「冫」在甲骨文中寫作，《說文》：「仌，凍也。象水凝之形。」清代文字學家段玉裁說：「象水初凝之文理也。」，「仌」就像冰的花紋。現在內地規範字把「淨」簡化為「净」，人們一時不察就會把兩者混淆了。

修辭編

打開報紙雜誌，我們往往會被新聞標題或廣告用詞等吸引注意力，例如某護膚品廣告聲稱：「用咗之後皮膚好似剝殼雞蛋一樣咁滑」，這句運用了甚麼修辭手法呢？「飽餃店」和「包搞掂」粵音相近，這又收到了甚麼修辭效果？不過有時卻因為造詞遣句的問題而引致理解謬誤或啼笑皆非，那就不是修辭應起的作用了，譬如說：「警方『傾巢而出』追捕犯人」有何不妥？

修辭，顧名思義，就是修飾文辭，是人們在組織和修飾語言、提高語言表達效果過程中形成的用語模式，具有特定的結構、方法和功能，其內容包括詞語、句子形式的選擇，以及修辭格的運用。一篇文章寫得通達流暢，反映篇中的句子沒有毛病；句子寫得準確，就是因為字詞用得恰當，可見字詞、句子和篇章有着相互的關聯。相反，一篇文章只顧陳腔濫調，就會顯得單調呆板。

要做到「辭達」，詞語的錘煉是基本要求（參見本書〈詞語的錘煉——修辭的首要內容〉一文，頁163-166）。在詞語的選擇上，還要顧及到詞語本身在色彩上是否協調。中文詞彙豐富，部分詞語帶有明顯的感情色彩，有的含褒揚、尊敬的色彩，有的帶貶斥、厭惡等色彩。如果錯用褒義詞和貶義詞，就會給人是非不分的感覺，損害了語言的表達效果（參見本書〈陳水扁讚「罄竹難書」——語言的感情色彩〉一文，頁167-170）。運用語言的時候，由於對象、場合、目的等各異，我們就需要有不同的詞語選擇，例如：談論一些令人不安或尷尬的事情時，我們會傾向使用較為禮貌的委婉說法（參見本書〈含蓄不露的委婉語——語言的潤滑劑〉一文，頁171-173）。為了表達的簡潔明快，我們又會把較長的詞語簡縮，從而形成一個短小的詞語（參見本書〈有利

通行的縮略語——語言的經濟原則〉一文，頁174-176）。這都反映了人們在語言溝通時的表達智慧。

　　日常語言表達中，為了增強語言的形象，運用修辭格的例子比比皆是，當中不少生動活潑，尤多用於廣告之中，有些佳作甚至成為經典，歷久不衰。常用的修辭格莫如誇張法，這是中國古典詩文中常用的修辭方式。如：某月餅廣告「行船爭解纜，月餅我賣先，風行全世界」用語給人品質超卓、遐邇馳名的感覺，對消費者有一定的感染力。還有仿詞，如：某銀行廣告「卡數豪還團」就是諧音仿用的例子，「豪還團」跟旅遊用語「豪華團」諧音，既幽默又詼諧。其他常用的修辭格還有雙關、反復、誇張、仿用、移就等，在本編有五篇專文都有所提及。儘管辭格的使用可以使語言精煉含蓄、生動有趣，但如果用得不好，或者濫用了，就反倒適得其反，弄巧反拙（參見本書〈修辭弄巧反成拙——玩弄文字的反面教材〉一文，頁195-198）。

　　學習修辭其實一點也不沉悶，甚至會覺得其樂無窮。在社會生活中，經常會遇到語言運用生動活潑，多姿多彩的美文佳句，值得我們注意和借鑒的不勝枚舉。只要花點心思，就能夠提高語言表達效果，大大地豐富了詞語的資訊含量。

詞語的錘煉
—— 修辭的首要內容

　　很多公園的草地都是圍着的，並放置了提示遊人保護草地的標語牌。比較香港和內地兩地的標示文字，發現兩者的語言很是不同：

【香港】請勿踐踏草地
【內地】手下留情，足下留青

煉字鑄句磨三載

　　香港的告示是直接明白的祈使句。內地的卻是一個修辭句，「青」本是形容詞，這裡表示名詞性短語「青青的草坪」。「足下留青」根據人們所熟悉的慣用語「手下留情」仿造，「留青」跟「留情」諧音雙關，新鮮而含蓄。張弓在《現代漢語修辭學》中指出：「修辭是為了有效地表達意旨，交流思想而適應現實語境，利用民族語言各因素以美化語言。」「足下留青」的表達正好綜合利用漢語語言要素的特點，精心組詞造句，反映出要學好修辭，一定要先學好語音、詞彙、語法等有關知識，才能有牢固的語文基礎。

　　「修辭」就是修飾文辭的意思，有技巧地用語言文字把想

要表達出來的思想感情講得更準確和生動一些。《左傳‧襄公二十五年》引用孔子：「言之無文，行之不遠。」就是說言辭如果缺乏文采，就不會廣泛流傳。修辭其實不止於比喻、誇張、對偶等辭格，也指對文章的用詞、造句、謀篇、佈局的斟酌和推敲。劉勰《文心雕龍‧章句》：「夫人之立言，因字而生句，積句而成章，積章而成篇。篇之彪炳，章無疵也；章之明靡，句無玷也；句之清英，字不妄也。」精確地掌握詞語的涵義和用法，才能在寫文章時運用自如，故詞語的錘煉是修辭的首要內容。打一個比喻，如果語言是建築物，詞語就是建築材料，建築物是否堅實精美，跟它所用的建築材料直接相關。字詞既是篇章的基礎，一字之失，全句為之蹉跎，賈島《題詩後》中的「二句三年得，一吟雙淚流」。就是說花三年時間才能琢磨出兩句詩，煉字的重要性可見一斑。

　　詞語的錘煉有三個基本要求：準確樸實、新鮮活潑和形象生動。試看下面相應的例子：

　　1. 他給我揀定了靠門的一張椅子；我將他給我做的紫毛大衣鋪好坐位。他囑我路上小心，夜裡要警醒些，不要受涼。（朱自清《背影》）

　　2. （那濺着的水花）這時偶然有幾點送入我們溫暖的懷裡，便倏的鑽了進去，再也尋它不着。（朱自清《溫州的蹤跡》）

　　3. 紅杏枝頭春意鬧。（宋祁《玉樓春》）

　　例句 1 中的「揀定」，是表明經過一番挑選才確定下來。修飾語「靠門的」帶出發生意外情況時可以馬上走出去的訊息。

「囑」表現了放心不下，千叮嚀萬囑咐般的心情。現在的人大多只會寫「他叫我」而忘了「囑」字的精妙處。「警醒」含警覺、留神之意。這個例子沒有華麗的辭藻，但真切地表現了父愛。例句2 中的「溫暖的懷裡」、「倏的鑽了進去」和「尋它不着」像是一個活潑的小淘氣躲進了人們懷裡，和人們捉迷藏，字裡行間洋溢着童趣。例句3 中的「鬧」字豐富了全詩的意境，帶出了生機勃勃的春天景象，使人聯想到鮮花怒放，蝴蝶飛舞；一般人可能只懂寫「春意來」或「春意到」之類，難怪清末文論家王國維讚歎說：「著一『鬧』字，而境界全出矣。」（王國維《人間詞話》）

內地告示牌

香港告示牌

知識加油站

　　北宋王安石曾經寫了一首《泊船瓜洲》，詩云：「京口瓜洲一水間，鍾山只隔數重山。春風又綠江南岸，明月何時照我還？」相傳有人看到了王安石的草稿，其中第三句原為「春風又到江南岸」，作者將「到」圈去，後來又先後改成「過」、「入」、「滿」，一共有十幾個字，最後才選定了「綠」。這樣一改，「春風又綠江南岸」就成了千古名句。

陳水扁讚「罄竹難書」
—— 語言的感情色彩

　　早幾年前，台灣有一個著名的笑話：話說陳水扁在任時曾讚揚到沙灘去撿垃圾的環保義工，對台灣的貢獻實在是「罄竹難書」！後來國民黨立委就以此質詢負責教育工作的杜正勝，連「總統」也錯用成語，把用來形容罪狀極多的成語「罄竹難書」用來形容義工對社會的貢獻，擔心學生的語文水準日趨低落。杜正勝護主心切，硬說「罄竹難書」原意不帶貶義，還說只有聰明人才知道這句成語的原意！（按：《漢語大詞典》對「罄竹難書」的解釋為「極言事實之多，難以盡載。常指罪惡。」）

貶詞褒用

　　原來在日常生活裡，我們無論講話或寫文章都必然會帶有一定的感情色彩，詞語中按感情色彩來分，有褒義詞、中性詞、貶義詞。表明說話人對有關人和事物的讚美、喜愛、褒揚的詞叫做褒義詞，例如：忠誠、慷慨、漂亮、雄偉、壯麗、和平、幸福等；相反，表明說話人對有關人和事物的輕蔑、厭惡、貶斥的詞，就叫貶義詞，例如：奸詐、虛偽、馬虎、懶惰、骯髒、醜陋、愚蠢、卑劣等。其中，有的詞語在意義上還形成了褒貶對

比，如下所示：

　　褒義詞　成果、技巧、善辯、鼓勵、益友、引導、聯合、果斷、忠臣、充滿

　　貶義詞　後果、伎倆、詭辯、慫恿、損友、教唆、勾結、武斷、走狗、充斥

還有很多詞，既沒有褒義也沒有貶義色彩，叫做中性詞，如：討論、結果、結論、奔跑、理由、感覺等，根據語言表達的需要可以用於好的方面，也可以用於壞的方面。

　　在詞語運用當中，常會遇到誤用貶義詞的情況，造成遣詞欠當，文采不彰的結果。下面四個例子都犯了貶詞褒用的毛病：

　　1.　冬季是普天同慶的日子，人們趁着冬至、聖誕節、新年和農曆新年等多個宗教節日和傳統節慶聚首一堂，大肆慶祝。（世界自然基金會──活動概覽）

　　2.　提起踩單車的好處，他喋喋不休地說出踩單車可以鍛鍊身體、省燃油成本、減少廢氣……。（香港單車資訊網）

　　3.　蔣經國國際學術交流基金會過去二十年來育人無數，始作俑者是前教育部長。（奇摩討論區）

　　4.　威尼斯電影節即將開幕，意大利明星傾巢而出。（北京文藝網）

例1 中的「大肆」帶貶義，一般形容破壞、搶掠等不好的行為，表達否定的評論，如果形容好的方面，應改為「大事」。例2

中，「喋喋不休」出自《史記》，形容話多、沒完沒了，多形容說話了無新意，甚至惹人煩厭，例如：喋喋不休的重複、喋喋不休的嘮叨，如形容正面應改為「口若懸河」。例3 中的「始作俑者」出自《孟子》，現指帶頭做壞事、開壞風氣先例的人，按文意此句應改為「創辦人」或「催生者」。例4 的「傾巢而出」原具貶義，近年開始出現一些中性的用法。如不想引起誤會，可改用「全體出動」以避免冒犯所描述的對象。

　　語言的表現力越強，就越能夠把情思表達得細緻、準確和嚴密，使文章豐富文采。我們除了要區別詞語在含義上的差別外，還要弄清詞語的感情色彩，分清褒義詞、貶義詞和中性詞，慎防誤用，鬧出笑話。

多查字典能提高運用語文的能力

知識加油站

　　《貶義詞詞典》（2006）是一本有關貶義詞的工具書，體例包括注音、釋義、用法、例句與辨析。全書收錄現代漢語用詞中常用貶義詞約3,500條，其中包括一些詞義本屬中性，但有貶義化趨向、多用於消極方面的詞語。《褒義詞詞典》（2005）選收現代漢語用詞中的褒義詞約5,000條，其中包括一些詞義本屬中性，但有褒義化趨向、多用於積極方面的詞語。

含蓄不露的委婉語
── 語言的潤滑劑

早前走進購物中心，看到某商店推賣「打小人」滑鼠墊套裝，「打小人」？原來當天正是二十四節氣中的「驚蟄」。《儀禮·夏小正》曰：「正月啟蟄」，驚蟄原稱「啟蟄」，民間傳說因避漢景帝劉啟的名諱，「啟蟄」才改為「驚蟄」並沿用至今。古代宗法社會裡，若遇上當代的帝王、聖人或尊長的名字都不能直呼或直書其名，必須要迴避，否則會視為不敬，例如：儒家聖人孔子名丘，「丘」頓成避諱字，姓「丘」的人改為姓「邱」；又如：秦始皇名「嬴政」，為了避開「政」音，農曆正月的「正」字改唸平聲，讀如「征」。

從「母」到「友」

有些詞語一說出來就會引起反感、不幸，就是社會語言學上所說的「禁忌語」（taboo），它指由禁忌或避諱而產生的語言避忌現象，同時也是一種社會文化現象。現代語言裡，「死」和「鬼」是人們最忌諱的詞語，例如對於親屬或別人離世，不說死亡而說「他已不在」，或「升天」、「移民」、「仙遊」之類；不說「撞鬼」而說「碰到那些東西」、「碰到一些不乾淨的

東西」等。這裡反映出人類對死亡、鬼神等現象感到神秘莫測，以為語言與事物間存在着某種必然關係，一說出來就會招致不幸，因此希望盡量避開那些會帶來衝撞、冒犯或災難的詞語，代之以迂迴含蓄的暗指或約定俗成的代稱，這樣就產生了委婉語（euphemism）。

　　委婉語是一種溫和的表達方式，在當代粵語裡可找到不少例子，為避免提及不吉利的事，香港人把豬「肝（乾）」改稱為豬「膶（潤）」，「通書（輸）」改稱為「通勝」，「伯母（百無）」改稱為「伯友（百有）」；又或「空（凶）屋」讓人聯想起邪靈，易招噩運，於是改稱為「吉屋」，這個「吉」字近年甚至引申出一種動詞用法：「間屋吉咗」，意指房子空置了；另外，「廁所」叫人想起骯髒不潔，現在多以「洗手間」、「化妝室」來表達。在語言交際中，委婉語具有重要的語用功能，它一方面維持語言的禁忌效能，另一方面用來保持良好的人際關係，促進交際，例如：稱「失業」為「待業」，稱「妓女」為「性工作者」，稱「傭人」為「家務助理」，稱「黐線」為「思覺失調」等，這些含蓄的表達都能顧念到對方的感受，避免尷尬局面，使人易於接受。

　　禁忌語和委婉語都是重要的文化現象，禁忌語反映了人們內心的好惡，委婉語使言語含蓄、高雅得體，有積極的社會功能。因此，委婉語實際上是一種語言藝術，也是語言的潤滑劑，調和人與人之間的關係。有時候文人為了追求文辭造句之美，故意用上婉言曲語，這就是修辭的學問了！

香港人把「豬肝（乾）」改稱為「豬膶（潤）」

「打小人」滑鼠墊套裝

知識加油站

　　驚蟄是舊曆的一個節氣，象徵春雷初響、萬物萌發之景象，驚蟄後氣候開始回暖，「驚蟄」就是土中蟄蟲全面復甦的意思。古人認為，如果驚蟄日打雷，就表示節氣無誤，整個年頭就會風調雨順、五穀豐收。在香港，驚蟄也是祭白虎、「打小人」的日子，其中灣仔的鵝頸橋就是著名「打小人」的地方。

有利通行的縮略語
—— 語言的經濟原則

　　「豬流感」（Swine Influenza）自 2009 年 4 月中在墨西哥爆發後，已迅速蔓延至全球多處地區。5 月初，世界衛生組織將之正名為「甲型H1N1流感」，香港衛生署表示仍沿用「人類豬流感」一詞，另外有一些媒體改以「新流感」「新型流感」或「北美流感」稱之。無論名稱怎樣，這個名詞的中心語還是「流感」。「流感」是「流行性感冒」的簡稱，這種詞語的緊縮形式語言學上稱為「縮略語」（abbreviation）。

不損原意，斧削枝蔓

　　縮略反映了人們溝通表達的經濟原則，縮略語又叫「略稱」、「簡稱」、「簡寫」或「縮寫」等，產生的主要成因是語言的省力原則和詞彙的雙音節化趨勢，縮略語的產生方法主要有以下兩種：

（一）一個詞的縮略

　　1. **緊縮**　擠壓原詞，保留主要語素。例如：「流行性感冒」緊縮為「流感」，「教育改革」緊縮為「教改」，「特別行政區」緊縮為「特區」，「恒生指數」緊縮為「恒指」等等。

2. **省略**　只保留原詞的前兩三個音節，後面的都給省掉。例如：「威爾斯親王醫院」省略為「威爾斯」，「恒生銀行」省略為「恒生」，內地把「非典型肺炎」省略為「非典」。

（二）兩個詞或以上的縮略

3. **減縮**　保留兩個詞裡的共同語素，把兩個詞縮成一個詞。例如：把「錯字、別字」減縮為「錯別字」，「青年、少年」減縮為「青少年」，「中學、小學」減縮為「中小學」。

4. **合稱**　保留幾個詞的主要語素。例如：「文學、史學、哲學」合稱為「文史哲」，「香港、澳門、台灣」合稱為「港澳台」，「星加坡、馬來西亞、泰國」合稱為「星馬泰」。

5. **概括**　用數字來概括幾個概念，再加上共同語素。例如：內地常見的名詞——「四化」，其實是指「工業現代化、農業現代化、國防現代化、科學技術現代化」；所謂「三好」學生，就是「品德好、學業好、身體好」的學生；在香港高等教育方面，所謂「八大」，就是「香港大學、香港中文大學、香港科技大學、香港理工大學、香港浸會大學、香港城市大學、香港嶺南大學及香港教育學院」等八所受政府資助的大專院校的統稱。

在香港，以第一種緊縮形式最為常見，而在中國內地卻常常出現第五種概括形式，某些詞對香港人來說往往不知所指，如：「三反」（反貪污、反浪費、反官僚主義）、「四有」（有理想、有道德、有文化、有紀律）等。縮略語還有一些地區的特徵，比方說香港的「紅的、綠的」（紅色的士、綠色的士），字母詞FM（調頻，frequency modulation 的縮略語）、BBQ（燒烤，是以 barbeue 的三個音節簡略而成）、VIP（重要人物，貴賓，very important person 的縮略語）；內地的「汽修」（汽車

修理）、「皮便鞋」（皮鞋、便鞋）和「維穩辦」（維護穩定辦公室）；台灣的「工改」（工時改革）、「老殘票」（老殘優待票）等等。

「流感」是流行性感冒的縮略語

知識加油站

　　據陳望道著的《修辭學發凡》（1997：177），「節縮」是一種積極的修辭手段，可分為「縮合」和「節短」兩類。書中指出「節縮」於意義並沒有增減，但卻避免了繁冗拖沓，是音形上的方便手段。陳氏曾任上海復旦大學校長，《修辭學發凡》公認為中國現代修辭學奠基之作，1933年初版。

遣詞措意的雙關語
—— 廣告的創意

「Yeah Show 2009大型棟篤笑音樂佈道會」來臨了！Yeah Show是一個很風趣和有創意的雙關表達，一方面表示這將是一個很yeah的show（別開生面的表現），吸引青年人入場，另一方面又和「耶穌」諧音，而耶穌的救恩正正是佈道會的主軸。廣告製作者為了增加廣告的吸引力，追求新的創意，於是在廣告中常常使用雙關語。巧妙的雙關能使語言含蓄、幽默、生動，給人留下想像的餘地。

借諧音引發聯想

下面的廣告語屬「諧音雙關」，用發音相同或相近的詞構成：

1. UA智易按（UA財務有限公司廣告）

「智」是有智慧的意思，諧音「至」，「至易」在粵語口語裡是十分普遍的說法，即「最易」的意思，廣告意思是選擇UA財務做房貸按揭既聰明又輕易。該廣告語運用了諧音雙關的技巧，生

出幽默的語言風格，增強廣告的說服力和感染力，從而給消費者留下深刻的印象。

　　2. 獅球嘜現代快樂煮義（獅球嘜花生油廣告）

上述廣告語中的「煮義」諧音「主義」。該品牌賣的是有關煮食的食用品，句中帶出使用「獅球嘜」的產品在煮食方面能帶給現代人「吃」的快樂，此例兼具現代快樂「主義」或「煮食的意義」兩層意思，明顯地突出了諧音雙關的技巧，使感情表達得含蓄又生動。廣告多以詼諧幽默的語言表達廣告主體的訴求，使人們在輕鬆的氛圍中不知不覺地加深了印象。

　　雙關還有一種叫「語義雙關」，即利用語音或語義的條件，有意使語句同時兼有兩種意思，表面上說這個意思，而實際上，真正地卻是說另一個意思。譬如：

　　3. 有線電視 有「球」必應（有線電視廣告）
　　4. 裝人不如自己裝（有線電視廣告）

例句 3 有「球」必應是雙關語，一層意思是說有足球賽事播映，另一層意思是說凡顧客所要求的他們都盡量滿足。例句4中的第一個「裝」在粵語中是偷窺之意，第二個「裝」則解作安裝，意謂偷看人家不如自己安裝。語義雙關，讓人覺得趣味無窮，其弦外之音更令人會心微笑，也達到廣告的宣傳目的。另外：

　　5. 祝人人可愛 百事可樂（百事可樂廣告）

例句5是飲品廣告，「百事可樂」有兩層含義，一為「祝福語」，一為飲品的牌子——百事可樂。該廣告通過雙關手段的運用，使人聯想到飲用該飲品時就有幸福的兆頭，一語雙關。用品牌名稱形成雙關，便於消費者對品牌的記憶，從而對商品發生興趣，所以雙關在現代商業廣告中運用頻繁，其中不乏精彩的例子，意趣頗多。其他例子如：

6. 健腔由齒起 → 健康由此起（牙齒保健廣告）
7. 隨時輕鬆一「黑」→ 輕鬆一刻（Kit Kat黑巧克力廣告）
8. EURO狂熱，一「足」即發 → 一觸即發（屯門市廣場足球節目廣告）

在廣告如林的時代，為了使自己的廣告別具一格，廣告創作者常常運用一些修辭手法來增強廣告語言的表達效果。我們不難發現，修辭與日常生活是相輔相成的，一方面是廣告的修辭使繁忙的生活加添了不少趣味；另一方面是生活中的點點滴滴成了修辭創作的靈感來源。

左圖中的「好Jap」既表示以日式作賣點，又表示好吃，因潮州語中的「吃」與「Jap」音近，其發音為港人所熟悉，而「Jap」卻是日本的英文縮寫，故音形兩義，不難意會。右圖為「Yeah Show 2009佈道會」的宣傳海報。

知識加油站

　　電視廣告大體上可分為「視覺」與「聽覺」兩部分，其中「視覺」為主，「聽覺」為輔。視覺部分包括了文字（標題、內文、標語）和影像、圖形等，聽覺部分包括了旁白、對話、音樂等，幾方面必須相互配合才能達到廣告效果。為了宣傳自家品牌，廣告用語的創意遂為商家所重視，而修辭學的技巧運用亦得以延伸。

語出驚人
—— 廣告「必殺技」

　　隨着資訊時代的來臨，廣告已成為現代人生活的重要資訊來源。修辭學的視野亦因語言應用的範圍擴大而變得廣闊了，最明顯的現象莫過於林林總總廣告裡面的修辭應用。打開雜誌，看到一則航空公司的廣告宣傳，廣告用詞是「世界任何角落，我都可以隨時抵達」，試想一下，這會不會有點誇張呢？廣告製作商總是特別注意運用各種修辭手段，創造出形象生動、效果非凡的廣告用語來提高表達效果。

誇而不虛，張而不浮

　　廣告有勾魂懾魄的力量，廣告人手中少不免有其「必殺技」，就是「誇張」。廣告喜以誇張手法把產品的特點優勢極端化，讓觀者留下深刻的印象，以求取得更多的市場佔有率。很多廣告都會利用誇張手法來宣傳自己的產品，例如：護膚面膜廣告，幾十秒已經使試用者的面部膚色由黑變白，肌膚瞬間白膩如脂，這是縮小的誇張；穿了名牌運動鞋，運動員竟能跑得比跑車還要快等，這是擴大的誇張。再看以下例子：

好似剝咗殼嘅雞蛋一樣咁滑（SKII 護膚品廣告）

廣告爭分奪秒，一般都用誇張的手法吸引觀眾，這一護膚廣告中，廣告女郎以「剝了殼的雞蛋」（好像去殼雞蛋一樣平滑）來形容自己的臉。就現實情況而言，皮膚隨歲月流逝而漸漸失去光澤和變得暗啞，不可能說塗護膚品就能完全改變膚質，變得好像去殼雞蛋一樣平滑，所以此廣告語是言不成理的。不過由於質感和顏色都接近，比喻貼切，雖略帶誇張，仍符合一眾女士對素顏美肌的渴望。又譬如：

十個 sunday 用戶，九個靚仔（Sunday 移動電話廣告）

這裡，廣告商標榜十個 Sunday 用戶中，有九個是帥哥，手法可謂誇張。就實情而言，十個用戶裡面，哪有可能九個都是帥哥，現實來說是不成理的，但經這樣一宣傳，電話服務商就樹立了「帥哥美女」喜愛的商品形象，同時亦給人一種追上潮流的感覺。該廣告商明顯主攻年輕人市場，而對中年成功行政人員來說，穩定的連線服務和話音的清晰度更為重要，上述廣告用詞準是打動不了他們的。

要達到爭奪消費市場的目的，廣告用語必須給受眾留下深刻的印象才能脫穎而出，達到預期的銷售效果。其他誇張的廣告用語如：

1. 全方位恒溫，涼透全世界（三菱空調廣告）
2. 讓妳永久綻放光采（Oasis Medical 激光永久脫毛廣告）

3. 手臂、大小腿瞬間變細（Yamada Miyura 排水魔術師廣告）

4. 您寶寶的臍帶血，可保衛您的家園（康盛人生臍帶血儲存庫廣告）

5. 裕民坊變天勢在必行，24小時日夜瀑布人流（中原地產廣告）

　　從上述例子可見，電視廣告中的用語多以誇張的字詞來突出產品，使消費者產生共鳴。商品廣告只要做到劉勰所謂「誇而有節，飾而不誣」和「曠而不溢，奢而無玷」，增飾要不虛假，含意廣大而不過分，便能充分發揮誇張這一修辭格的作用了。

無所不能？嘩！

知識加油站

　　孔子認為：言辭若缺乏文采就難以廣泛流傳；劉勰更進一步指出：「夫鉛黛所以飾容，而盼倩生於淑姿；文采所以飾言，而辯麗本於情性。故情者文之經，辭者理之緯；經正而後緯成，理定而後辭暢。」（《文心雕龍‧情采》）情采，就是指情思與文采兩者之間的關係。現在的說法，是講究內容與形式之辨。要產生商品效應，廣告用語也該「情采」兼備，從這個角度看，廣告商打廣告時就不可能不談修辭。

將記憶留住
—— 談詞語連用

　　最近巴士車身常常看到這樣的一則廣告：「安信兄弟齊齊傾掂佢，安信入息證明有得傾，還款限期有得傾，每月還款額有得傾」，「有得傾」重複出現了好幾次，「傾」粵語指商量，「有得傾」就是有商量餘地的意思。為了強調重點，有意地運用相同的字詞、語句，接二連三地重複使用的修辭方式就叫「反復」。除了文字形式外，「反復」其實也包含語音形式的重複，重複相同的音節或韻母，如：「非同凡響，唯你專享」（東亞銀行廣告），「百佳顧客服務，隨時為你效勞」（百佳超市廣告）等，就分別重複了oeng和ou兩個韻母。

營造氣勢逐浪高

　　小至詞語、句子，大至整個段落，都可以運用反復的修辭方式來突出重點，營造氣勢。從廣告原理來看，重複重點可以引起受眾的注意，加強他們的記憶。因此廣告語中大量運用各種形式的反復，讓關鍵字反復出現，用同一語音形式來刺激受眾，使其記住商品名稱、產品性能等等關鍵性訊息。譬如：

1. 三生牌鹿茸大補酒，係男女強身嘅妙品，妙品，妙品！（三生牌鹿茸大補酒廣告）

2. 餐飲，餐餐飲。山楂，幫助消化，餐餐飲，最Happy！（健康工房山楂蘋果茶廣告）

3. 新配方麥芽魔力提升百分之三十三，革新營養配方，麥麥提升百分之三十三。（阿華田營養麥芽飲品廣告）

例1屬連續反復修辭，句子中「妙品」一語連續出現，加強氣勢之餘，亦突出了產品的優良性質。例2和例3都是間隔反復，例2「餐餐飲」強調了品牌對身體有益，每次餐後都可以喝。例3的飲品廣告重複了百分比——「33%」，令顧客覺得相同價錢而麥芽提升了，即變相獲得優惠。再看兩則多年前的經典電視廣告：

4. 人人搬屋好，人人字號老！搬屋、搬廠、搬寫字樓，搵人人啦！（人人搬屋公司廣告）

5. 斬料，斬料，斬大舊叉燒。油雞滷味樣樣都要，斬大舊叉燒。飲玉冰燒，飲玉冰燒，坐低飲杯玉冰燒，飲玉冰燒，勝嘅！（珠江橋牌玉冰燒廣告）

例4通過重複相同的詞和字眼——「人人」、「搬」來引導受眾，使他們在不知不覺中就記住了這家搬運公司的名字，以及搬運服務的關鍵訊息。語音上，這則廣告裡重複了相同的單音詞「人人」，以及「好、老」的韻母 ou，構成了疊音形式，增加了音律之美。例5強調邊喝燒酒，邊吃叉燒、油雞、滷味，是一個

令人垂涎的搭配，又不斷重複「飲玉冰燒」，讓觀眾記住產品的名稱。其他反復的例子如：

6. 讓座，讓人快樂。常讓座，快樂啲，一齊為人做好啲。（港鐵乘客提示）

7. 不可一，不可再。向毒品說不，向遺憾說不。（禁毒常務委員會廣告）

8. 中國人的盛事，中國人的健康，中國人的恒昌隆。（恒昌隆燕窩參茸行廣告）

反復是一種常用的積極表達手段，「累贅」則不同。「累贅」是相同的東西一再出現，同一個意思，前面說了，徒具反復的形式，而沒有充實的內容和強烈的感情。因此，運用反復手法時需要注意，必須要切合表情達意的需要，避開不必要的反復，以免使人感到語言囉嗦，內容空虛。

韻母反復：「聲」、「精」

知識加油站

　　慣用語有特定的含義，是漢語詞彙的一部分，不能簡單地看作是「重複」，例如：「三更半夜」和「半斤八兩」。前者泛指夜深的時候，古代一夜分五更，三更正值半夜，表示夜深之時。後者一斤等於十六兩，半斤即是八兩，輕重相等，比喻不分彼此，不相上下。這兩句都是相同語意的詞語並列組合在一起。

仿詞「食字」
—— 變臉的詞語

　　港鐵車廂內的廣告板上，印着一則銀行借貸信息：「不分行業、有貸無類」，看罷不禁讓人發噱，比之「特快貸款」、「低息私人借貸」等用語，「有貸無類」顯得出奇別致，與眾不同，明顯仿孔子教育思想「有教無類」而創造出來。修辭學上，這叫做「仿詞」，它是根據特定的語境，臨時仿用一詞來改變原來特定的詞義，形式上和被仿的詞有近似的特點，往往只變換其中一兩個語素，而內容上又富有新意，從而起到令人意想不到的修辭效果。

靈活變通造新詞

　　常見的仿詞包括諧音仿和反義仿兩大類：

　　（一）**諧音仿**　用音同或音近的詞語仿造新詞語。如：

1. 凍雨來襲瀋陽，滿城草木皆冰。（人民網）
2. 走路向前看，做人向前看，做事要向錢看。（搜搜討論區）

例 1 的「草木皆冰」是仿成語「草木皆兵」臨時造的新詞；例 2 中，普通話「前」、「錢」同音，做人要向前看，做事卻要向錢看，反映今人的現實心態。上述兩例都是生動有趣的諧音仿。

（二）**反義仿**　用反義或類義詞語仿造新詞。即臨時仿造的詞語和原有詞語的某個成份在意義上相反、相對或類似。如：

3.　一個闊人說要讀經，嗡的一陣一群狹人也說要讀經。豈但「讀」而已矣哉，據說還可以「救國」哩。（魯迅《這個與那個》）

4.　滿心「婆理」而滿口「公理」的紳士們的名言暫且置之不論不議之列，即使真心人所大叫的公理，在現今的中國，也還不能救助好人，甚至於反而保護壞人。（魯迅《論「費厄潑賴」應該緩行》）

例 3 的「狹人」是仿照「闊人」創造出來的，「闊人」指有財有勢的人物，「狹人」指他們的應聲蟲。魯迅運用仿詞，尖銳地諷刺了當時一些沒品德的文人的嘴臉。例 4 的「婆理」從「社會公共道德規範」的「公理」中仿造出來，在這段話裡用來指觀點對立的兩方面。作者這樣一仿，字裡行間充滿了幽默感。

此外，報刊、網上討論區都出現很多成語仿詞。例如：依據「望洋興歎」仿造出「望股興歎」，形容股市下跌時股民無奈的心情；依據「滿城風雨」仿造出「滿校風雨」，比喻某一事件在學校內傳播很廣，到處議論紛紛。這些成語仿詞，風趣幽默，耐人尋味，在在體現人們的創意。仿詞都是根據實際的表達需要而臨時創造出來的，形式上和被仿的詞相近或相反，內容上多令人

耳目一新。使用仿詞時要注意自然、貼切，不能亂仿亂造。順帶一提，仿詞畢竟只具臨時性質，如果被仿的詞在句中不出現，單用仿詞時就最好加上引號作為提示，以區別於約定俗成的仿照的詞語，使讀者一目了然。

「慢洗」仿照「慢駛」，此廣告牌設於交通要道當眼處，特別使人心領神會。

知識加油站

　　諧音雙關與諧音仿詞是兩種同中有異的修辭法。兩者迥異之處，在於諧音雙關往往兼具兩層意思，例如：某手機的廣告詞「滿觸感」，「觸」一方面表示新設計是輕觸式屏幕，另一方面與「足」諧音，表示快人一步擁有這新出品具莫大的「滿足感」。諧音仿則是仿用一些大家都熟知的詞語，它只有一層意思，例如：「草木皆冰」只表示天氣冷，草木都結上了一層層薄冰，並沒有被仿詞「草木皆兵」中「兵」的意思。

效果出奇的移就辭
—— 詞語的移用

　　學生在學習修辭「移就」格時往往與過去學過的「擬人」法混淆起來，分辨不清，例如：誤把岳飛「怒髮衝冠」（滿江紅）當成是擬人，卻不知「怒髮」原來是移就。小學時我們已經學過了「擬人」，那麼應怎樣區分「移就」和「擬人」呢？

修辭大挪移

　　「移就」是一種常用的修辭手法。《辭海》解釋道：「甲乙兩項關聯，把原來屬於形容甲事物的修飾語移屬乙事物，叫移就。」陳望道《修辭學發凡》的定義是：「遇有甲乙兩個印象連在一起時，作者就把原屬於甲印象的性狀移用於乙印象，名叫移就辭。」移就是詞語搭配的創造性運用，在語言作品中經常出現。我們最常見的大概是「移人於物」，就是把原來形容人的性狀、感情移用於物。如：

1. 葉子底下是脈脈的流水。（朱自清《荷塘月色》）
2. 怒髮衝冠，憑闌處，瀟瀟雨歇。（岳飛《滿江紅》）

例句 1 的「脈脈」原是形容人含情的樣子，指默默地用眼神或行動表達情意，如：「脈脈含情」、「盈盈一水間，脈脈不得語」之詞句，這裡卻移用來修飾「流水」。例句 2 中，岳飛不直接說自己滿腔怒氣，而是間接把自己的情緒外移到頭髮上去，說自己的頭髮憤怒得直豎起來（怒髮），連冠冕也戴不上了（衝冠）。

　　「移就」和「擬人」很相似，兩者的分別簡單來說有以下三點：第一，從構成的本質看，移就是拿本來表示「人」的感情、性狀的詞語移用來修飾「物」；擬人則是直接把「物」當作有生命的「人」來描寫。如：例句 3 中的「愁」和「慘」原來表示人的情狀，現在移來修飾「雲」和「霧」。例句 4 中的「快樂」原來形容人的感情。例句 5 和例句 6 明顯把春風、花兒、北風當作有生命的「人」來描述，屬擬人格。

　　3.　上市失敗後，公司目前的氣氛一片愁雲慘霧。（移就）
　　4.　可愛又淘氣的小兔子，與其他動物一同住在快樂的森林裡。（移就）
　　5.　春風叫花兒張開嘴來唱歌。（擬人）
　　6.　北風迷路了，到處跑來跑去，一面嚎哭，一面問路。（擬人）

第二，從表達的重點看，擬人着重模擬人的動作與思想感情，如：例句 5 和例句 6 的着重點不在春風、花兒、北風這些事物本身，而在於人化了動作與思想感情；移就的着重點則在描述事物的性狀特點，如：例句 3 的中心語指的是事物「雲」和「霧」，而「愁」和「慘」則描述其性狀特點，起修飾作用。第三，從語

言的組織看，移就通常是「定語─中心詞」結構，以詞語為主，如：例句4結構上是定語「快樂的」修飾中心詞「森林」。擬人則是「主─謂」結構，可以是句子，如：例句 6 是以人的動作「迷路」、「跑來跑去」、「嚎哭」、「問路」等等描寫北風，結構上是主語（北風）加上謂語（「迷路」、「跑來跑去」、「嚎哭」、「問路」）。

　　總之，移就格通過詞語的移用，將人的情緒、狀態同事物聯繫起來，不需要耗費更多的筆墨，便使語言富於變化。只要掌握好移就和擬人各自的用法，清楚它們的基本結構方式，那就不難將這兩種修辭手法清楚地區分開。

移就格中各個成份的關係

「怒髮衝冠」屬移就格

知識加油站

　　英語也有類似「移就」的修辭法，稱為 hypallage 或 transferred epithet，例如：a friendly hand 和 a sleepless pillow 兩個短語中的 hand 和 pillow 本身並沒有感情，但人們卻能借助它們來表達各種感情和其他特徵。前者表示友誼之手，後者表達枕夜未眠之意。

修辭弄巧反成拙

—— 玩弄文字的反面教材

　　宣傳單張或商業廣告上的廣告語，故意用諧音改變成語或慣用語的現象屢見不鮮。用得好的話，它能修飾和調整語言，提高語言表達效果，讓人過目不忘。例如：警方的宣傳海報：「疏忽『盜至』爆竊發生」，這是諧音雙關語，「盜至」與「導致」同音，一方面表示疏忽可能會引來盜賊，另一方面表示爆竊的發生是疏忽的後果。

濫用修辭適得其反

　　然而，諧音用得不好的話，不但未能使廣告產生更大的效果，而且令人覺得廣告語故意造作，甚至被批評明目張膽地使用錯字。語文基礎尚未穩固的學生，看到廣告上「諧音」的四字詞語，容易誤以為正確，久而久之歪曲對詞語的認識。例如：某品牌夏威夷果仁的廣告圖文並茂，自捧「璀璨迷『仁』」，「仁」與「人」同音，但看來看去都不覺得那樽果仁如何「璀璨」，誇張的語言並沒有收到令人垂涎三尺的效果；況且使用習慣上「仁」並不是「果仁」的簡稱。這個廣告只有給人突兀的感覺，難收共鳴之效。以下還有幾個可議的例子：

1.　內裡裝潢金碧輝煌，就像凡爾賽宮的鏡廊。（娛樂場所廣告）

2.　我每天只睡一個小時，皮膚依然晶瑩剔透。（台灣護膚品廣告）

3.　瞬間美麗，靚足一世。（美容中心廣告）

4.　禮蜜卡是一張電子現金券，現已於惠康有售。（超市優惠廣告）

例句 1 是比喻句，比喻是為了把抽象的說具體，把平淡的說生動，因此喻體要具體、生動，並為大家所熟悉，否則便起不到比喻的作用。例句 1 後半句，試問有幾人曾遊覽過及見識過凡爾賽宮的「鏡廊」？很多人都不知道鏡廊是甚麼模樣，用不熟悉、不通俗的事物作喻體，易造成比喻失當。例句2 和例句3 都是誇張句，為了達到強調效果，商家有意識的使用言過其實的詞語，通過誇張突出事物的本質，但誇張法並不等於有失真實或不要事實，「每天只睡一個小時，皮膚依然晶瑩剔透」實在令人難以置信，即使果真如此，每天只睡一個小時也會對我們的健康產生負面的影響；「瞬間美麗，靚足一世」語意矛盾又不符合情理，造成誇張得離譜的效果，不能說服顧客。例句 4 的「禮蜜卡」應是「禮物卡」的諧音，它是一張電子現金券，可當作現金使用。「蜜」有甘甜之意，環視整張海報，「蜜」和電子現金券有甚麼相似點？實在叫人摸不着頭腦。「蜜」既不是雙關又不像仿詞，「蜜」更沒有用上引號以示這是一個特別用法。沒有新穎獨特的創作，這個廣告只算是一個為諧音而諧音的陳詞濫調之作。

廣告語是廣告的靈魂所在，巧妙地運用廣告用語，既能形象

生動地宣傳商品，又能吸引人們的注意力，刺激購買的慾望。在廣告中恰當地使用修辭，能增強產品廣告的宣傳效果，否則不僅不能使文字更有張力，反而適得其反，例如：出現比喻不恰當，誇張太離譜、雙關不到位、排比無氣勢、對偶不工整、比擬不形象及仿詞不必要等反效果。

熱帶風味就是璀璨迷「仁」？

圖中「蜜」字，不知所云

知識加油站

　　2000年10月31日公佈的《中華人民共和國國家通用語言文字法》明確規定：廣播、電影、電視用語用字，公共場所的設施用字，招牌和廣告的用字等「應當以國家通用語言文字為基本的用語用字」。（見第十四條）2008年11月《法制晚報》曾報道，針對目前社會上各類廣告中故意使用異體字、錯別字或用諧音亂改成語的現象，如：「千衣百順」、「與食俱進」、「食全食美」和「大智若娛」等，北京市工商行政和市政管理部門將執行嚴格審判制度，不規範的廣告用字一律不予核准登記，從而禁止商人在廣告中濫用漢字。

附：粵音聲韻調表

本書對於粵語音節的寫法，係採用香港語言學學會（LSHK）於1993年所制定的「粵語拼音方案（1993）」。茲就該拼音系統的聲、韻、調三個方面，簡介如下：

1. 聲母

b（巴）	p（怕）	m（媽）	f（花）	
d（打）	t（他）	n（那）		l（啦）
g（家）	k（卡）	ng（牙）	h（蝦）	
gw（瓜）	kw（誇）			w（蛙）

2. 韻腹

aa（沙）	i（詩／星／識）	u（夫／風／福）	e（些／四）	o（疏／蘇）
a（新）	yu（書）	oe（鋸）	eo（詢）	

3. 韻尾

p（濕）	t（失）	k（塞）
m（心）	n（新）	ng（笙）
i（西／需）	u（收）	

4. 鼻音單獨成韻

m（唔）	ng（吳）

5. 字調

■ 調號：

1.（夫／福）	2.（虎）	3.（副／霍）	4.（扶）	5.（婦）	6.（父／服）

標調位置：放在音節後
舉例：fu1 (夫), fu2 (虎), fu3 (副), fu4 (扶), fu5 (婦), fu6 (父)

6. 韻母字例

i 思	ip 攝	it 洩	ik 識	im 閃	in 先	ing 升		iu 消
yu 書		yut 雪			yun 孫			
u 夫		ut 闊	uk 福		un 歡	ung 風	ui 灰	
e 些			ek 石			eng 鄭	ei 四	
		eot 捽			eon 詢		eoi 需	
oe 鋸			oek 腳			oeng 疆		
o 可		ot 喝	ok 學		on 看	ong 康	oi 開	ou 好
	ap 汁	at 侄	ak 則	am 斟	an 珍	ang 增	ai 擠	au 周
aa 渣	aap 集	aat 扎	aak 責	aam 站	aan 讚	aang 掙	aai 齋	aau 嘲

關於該方案的詳情，可參考香港語言學學會的網頁：
http://www.lshk.org/cantonese.php

參考資料

語音編

1. 林燾、王理嘉（1992）：《語音學教程》。北京：北京大學出版社。

2. 胡永利（2007）：〈香港廣州兩地大學生的粵語發音調查〉，載林亦、余瑾編《第十一屆國際粵方言研討會論文集》。南寧：廣西人民出版社，頁183-189。

3. 胡永利、劉鎮發（2009）：〈香港廣州話異讀現象探析〉，載錢志安、郭必之、李寶倫、鄒嘉彥編《第十三屆國際粵方言研討會論文集》。香港：香港城市大學出版社，頁215-224。

4. 梁慧敏（2007）：〈香港粵語的聲調變異現象〉，《粵語研究》。澳門：粵方言學會，第2期，頁48-53。

5. 單周堯（1979）：〈廣州話零聲母字與ng母字在聲調上的區別〉，《語文雜誌》，第1期，頁27-28。

6. 單周堯（2002）：〈粵語審音管見〉，《暨南學報（哲學社會科學）》。廣州：暨南大學，第3期，頁105-107。

7. 鄒嘉彥、游汝杰（2007）：《社會語言學教程》。台北：五南圖書出版股份有限公司。

8. 趙元任（1947）：《粵語入門》（*Cantonese Primer*）。

美國：哈佛大學出版社。

　　9. 劉鎮發（2009）：〈香港廣州話破音字現狀分析〉，《語文建設通訊》。香港：香港中國語文學會，第91期，頁23-31。

詞彙編

　　10. 孔仲南（1933）：《廣東俗語考》。廣州：南方扶輪社。

　　11. 唐秀玲（2004）：《語法和詞彙》。香港：香港教育學院。

　　12. 梁慧敏（2006）：〈英語詞典中的漢語音譯借詞〉，《語文建設通訊》。香港：香港中國語文學會，第84期，頁47-54。

　　13. 梁慧敏、劉鎮發（2007）：〈穗港粵語基本詞彙認識比較〉，載林亦、余瑾編《第十一屆國際粵方言研討會論文集》。南寧：廣西人民出版社，頁228-240。

　　14. 曾子凡（2008）：《香港粵語慣用語研究》。香港：香港城市大學出版社。

　　15. 葛本儀（2001）：《現代漢語詞彙學》。濟南：山東人民出版社。

　　16. 詹伯慧、張日昇（1988）：《珠江三角洲方言詞彙對照》。廣州：廣東人民出版社。

　　17. 盧興翹（2005）：〈廣州及香港方言的詞彙差異〉，《語文建設通訊》。香港：香港中國語文學會，第 80 期，頁65-67 。

語法編

18. 石定栩（2006）：《港式中文兩面睇》。香港：星島出版社。

19. 石定栩、朱志瑜、邵敬敏（2006）：《港式中文與標準中文的比較》。香港：香港教育圖書公司。

20. 朱自清（1996）：〈魯迅先生的中國語文觀〉，《朱自清散文全集》（中集）。南京：江蘇教育出版社，頁150-153。

21. 余光中（1981）：〈從西而不化到西而化之〉，《分水嶺上——余光中評論文集》。台北：純文學出版社，頁135-157。

22. 岑紹基（2003）：《語言功能與中文教學：系統功能語言學在中文教學上的應用》。香港：香港大學出版社。

23. 李新魁等（1995）：《廣州方言研究》。廣州：廣東人民出版社。

24. 周國正（1993）：〈語法句群與篇章句群〉，《語文建設通訊》。香港：香港中國語文學會，第41期。

25. 張洪年（2007）：《香港粵語語法的研究》（增訂版）。香港：中文大學出版社。

26. 陳瑞端（2002）：《生活病語》。香港：中華書局（香港）有限公司。

27. 鄧城鋒、黎少銘、郭思豪（2000）：《語病會診》。香港：三聯書店（香港）有限公司。

文字編

28. 王寧、鄒曉麗主編（2005）：《漢字》。香港：和平圖

書有限公司。

29. 王寧主編（1999）：《漢字漢語基礎》。北京：科學出版社。

30. 呂浩（2006）：《漢字學十講》。北京：學林出版社。

31. 李學勤（1993）：《古文字學初階》。台北：萬卷樓圖書有限公司。

32. 唐蘭（2001）：《中國文字學》。上海：上海古籍出版社。

33. 梁東漢（1991）：《漢字的結構及其流變》。上海：上海教育出版社。

34. 裘錫圭（1995）：《文字學概要》。台北：萬卷樓圖書有限公司。

35. 劉又辛、方有國（2000）：〈漢字字體的演變〉，《漢字發展史綱要》。北京：中國大百科全書出版社，頁50-70。

修辭編

36.（南梁）劉勰（1987）：《文心雕龍》。上海：上海古籍出版社。

37. 張弓（1993）：《現代漢語修辭學》。河北：河北教育出版社。

38. 梁慧敏：〈修辭的威力〉，香港：《明報》，2008年4月10日，〈生活語文〉，F8版。

39. 陳望道（2002）：《修辭學發凡》。上海：上海教育出版社。

40. 陸鏡光、林加樂（2001）：〈香港粵語的詞語縮略形

式〉，載單周堯、陸鏡光主編《第七屆國際粵方言研討會論文集》。北京：商務印書館，頁273-287。

41. 曾慶璇（2001）：《著名廣告詞修辭藝術》。四川：重慶出版社。

42. 黃瑞玲（2002）：〈香港商業廣告常用修辭格研究〉，載陳志誠主編《新世紀應用文論文選》（下冊）。香港：香港城市大學語文學部，頁146-156。

43. 黃慶萱（2002）：《修辭學》。台北：三民書局。

44. 黎運漢、張維耿（1997）：《現代漢語修辭學》。香港：商務印書館（香港）有限公司。

辭書、字表

45. （明）梅膺祚（1991）：《字彙》。上海：上海辭書出版社。

46. （東漢）許慎撰、（清）段玉裁注（1988）：《說文解字注》。上海：上海古籍出版社。

47. 中國文字改革委員會編（1977）：《第二次漢字簡化方案〈草案〉》。北京：文字改革出版社。

48. 中國社會科學院語言研究所編（2005）：《現代漢語詞典》（第五版）。北京：商務印書館。

49. 中華書局編（2007）：《中華新字典》（全新修訂版）。香港：中華書局（香港）有限公司。

50. 亢世勇主編（2003）：《新詞語大詞典》。上海：上海辭書出版社。

51. 亢世勇等編（2006）：《學生新詞語詞典》。上海：上

海辭書出版社。

52. 少光、林晨、陳一江編（1998）：《中國民間秘密用語大全》。廣州：廣東人民出版社。

53. 王海根編（2006）：《古代漢語通假字大字典》。福州：福建人民出版社。

54. 史繼林、朱英貴編（2006）：《褒義詞詞典》。成都：四川辭書出版社。

55. 全國人大教科文衛委員會教育室、教育部語言文字應用管理司（2004）：《中華人民共和國國家通用語言文字法學習讀本》。北京：語文出版社。

56. 曲彥斌主編（1996）：《俚語秘密語行話詞典》。上海：上海辭書出版社。

57. 吳研因等編（1994）：《辭淵》。北京：警官教育出版社。

58. 呂叔湘主編（1999）：《現代漢語八百詞》（增訂本）。北京：商務印書館。

59. 李小芹編（2009）：《中學生古漢語常用字字典》。廣州：廣東世界圖書出版公司。

60. 香港教育署語文教育學院中文系編制（1990）：《常用字廣州話讀音表》。香港：香港政府印物局。

61. 香港語言學學會（2002）：《粵語拼音字表》（第二版）。香港：香港語言學學會。

62. 夏征農、陳至立（2009）：《辭海》（第六版）。上海：上海辭書出版社。

63. 商務印書館辭書研究中心編（2003）：《新華新詞語詞

典》。北京：商務印書館。

64. 國家語言文字工作委員會（1986）：《簡化字總表》。北京：語文出版社。

65. 國家語言文字工作委員會（1995）：《第一批異體字整理表》。北京：中國教育部。

66. 國家語言文字工作委員會（2009）：《通用規範漢字表》（徵求意見稿），載《中國教育報》。北京：中國教育部。

67. 國家語言文字工作委員會（2009）：《漢字部首表》。北京：語文出版社。

68. 國語推行委員會（2004）：《部首手冊》。台北：台灣教育部。

69. 國語審議會（1946）：《當用漢字表》，東京：日本內閣。

70. 國語審議會（1981）：《常用漢字表》，東京：日本文化廳。

71. 張玉書等注釋（1996）：《康熙字典》。上海：上海古籍出版社。

72. 教育局課程發展處中國語文教育組（2007）：《香港小學學習字詞表》。香港：香港特別行政區政府教育局。

73. 教育局課程發展處中國語文教育組（2009）：《中英對照香港學校中文學習基礎字詞》。香港：香港特別行政區政府教育局。

74. 喬硯農（1976）：《中文字典》。香港：華僑語文出版社。

75. 黃錫凌（1998）：《粵音韻彙》（重排本）。香港：中

華書局（香港）有限公司。

76. 楊玲、朱英貴編（2006）：《貶義詞詞典》。成都：四川辭書出版社。

77. 溫端政等編（2004）：《中國歇後語大全（辭海版）》。上海：上海辭書出版社。

78. 詹伯慧主編（2002）：《廣州話正音字典》。廣州：廣東人民出版社。

79. 戴其曉編（2008）：《古今中外天文地理歇後語大全》。上海：上海大學出版社。

80. 辭源修訂組（1995）：《辭源》（修訂本）。北京：商務印書館。

81. 關彩華編（2000）：《英粵字典》（*English-Cantonese Dictionary*）。香港：中文大學出版社。

82. 饒秉才等編（1983）：《廣州話字典》。廣州：廣東人民出版社。

線上工具

83. 中華博物：說文解字注。最後瀏覽日期：2010年9月19日，http://www.gg-art.com/imgbook/index_b.php?bookid=53

84. 台灣教育部：成語典。最後瀏覽日期：2010年9月19日，http://140.111.34.46/chengyu/sort_pho.htm

85. 台灣教育部：國語辭典修訂本。最後瀏覽日期：2010年9月19日，http://dict.revised.moe.edu.tw/

86. 台灣教育部：語文綜合檢索。最後瀏覽日期：2010年9月19日，http://www.nlcsearch.moe.gov.tw/EDMS/admin/dict3/

87. 在線新華字典。最後瀏覽日期：2010年9月19日，http://xh.5156edu.com/

88. 香港中文大學：粵語審音配詞字庫。最後瀏覽日期：2010年9月19日，http://arts.cuhk.edu.hk/Lexis/lexi-can/

89. 維基媒體：中文維基百科。最後瀏覽日期：2010年9月19日，http://zh.wikipedia.org/zh-hk/

90. 龍維基：漢典。最後瀏覽日期：2010年9月19日，http://www.zdic.net/

91. 優質教育基金：小學中文科常用字研究。最後瀏覽日期：2010年9月19日，http://alphads10-2.hkbu.edu.hk/~lcprichi/